2013 年 9 月 19 日中秋节与叶嘉莹先生合影

2015 年 20 月 18 日在“迦陵学社启用暨叶嘉莹先生从教 70 年研讨会”上，

与叶先生和席慕蓉女士在一起

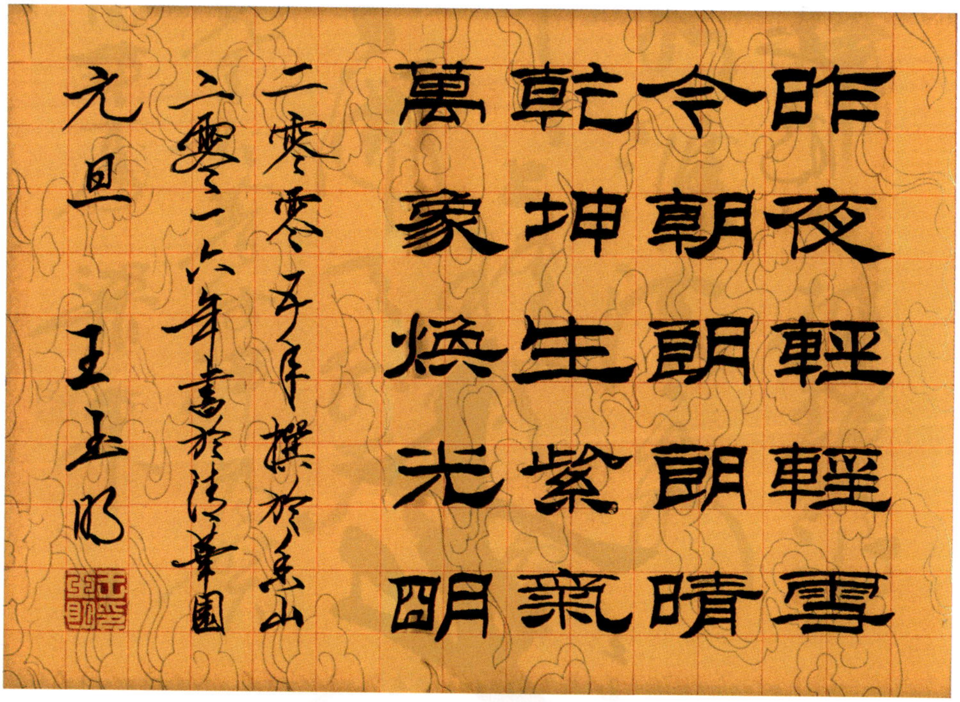
昨夜輕輕雪
今朝朗朗晴
乾坤生紫氣
萬家煥光明
二零零五年撰於東山
二零一六年書於清華園
元旦 王玉明

人君材書酒
仁恥鄉制寅
乃三親承穆
且宣指取黃

丁酉夏日
王

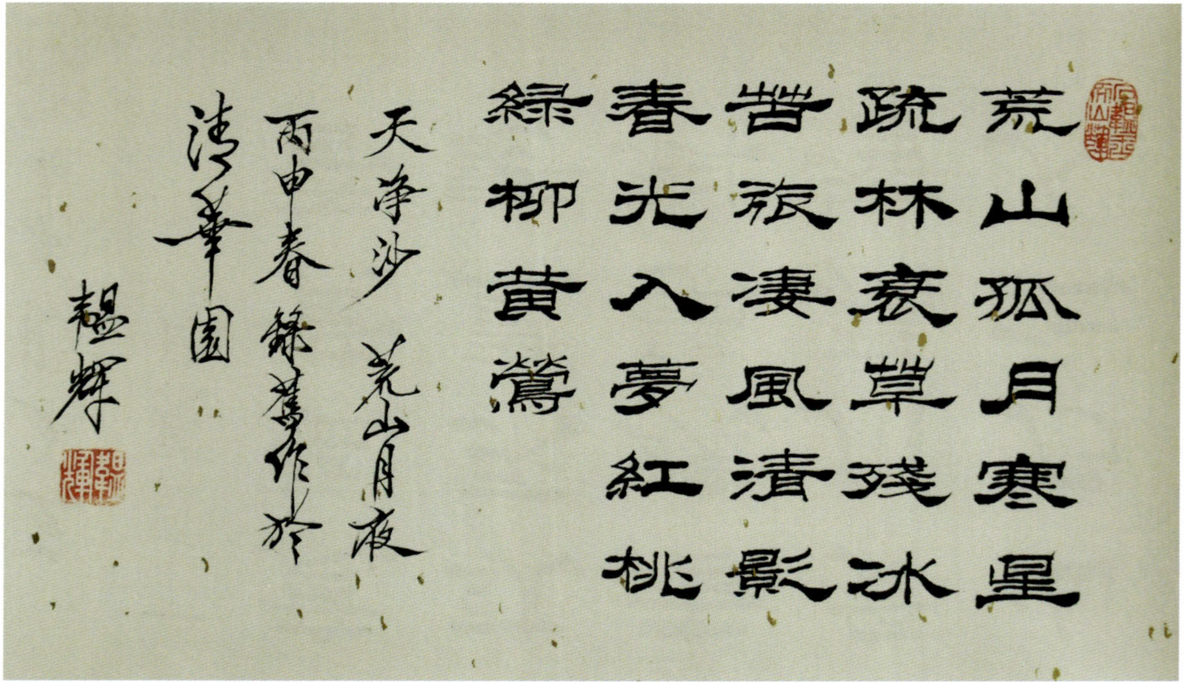
荒山孤月寒星
疏林衰草殘冰
昔旅淒風清影
春光入夢紅桃
綠柳黃鶯
天淨沙 荒山月夜
丙申春録舊作於
清華園
韞輝

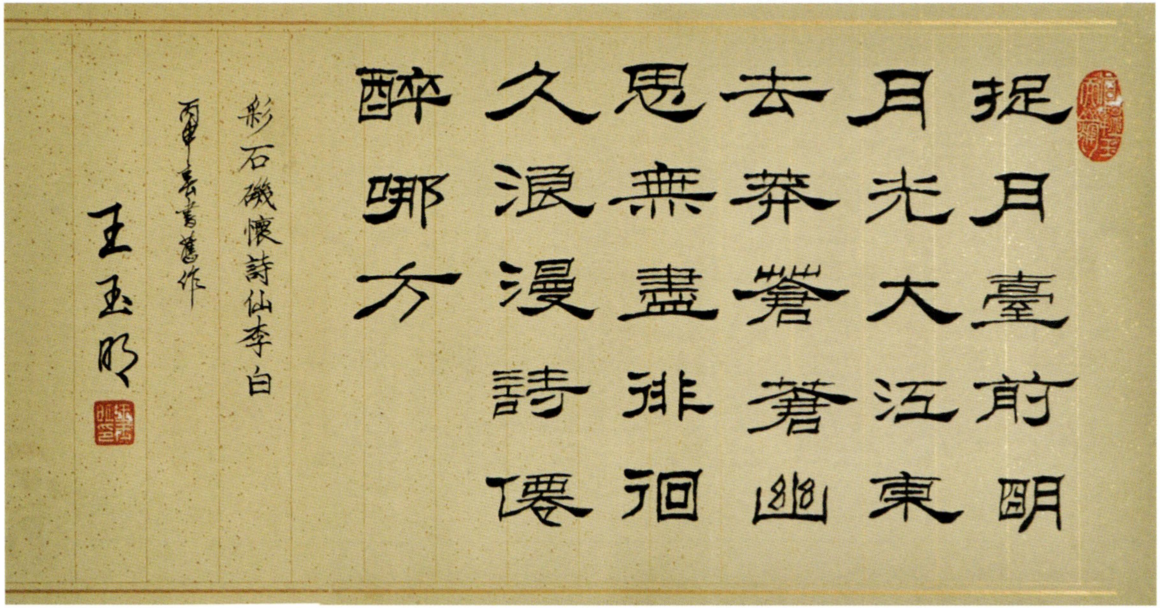
捉月臺前明
月光大江東
去莽蒼蒼幽
思無盡排洄
久浪漫詩僊
醉哪方
彩石磯懷詩仙李白
丙申春書舊作
王玉明

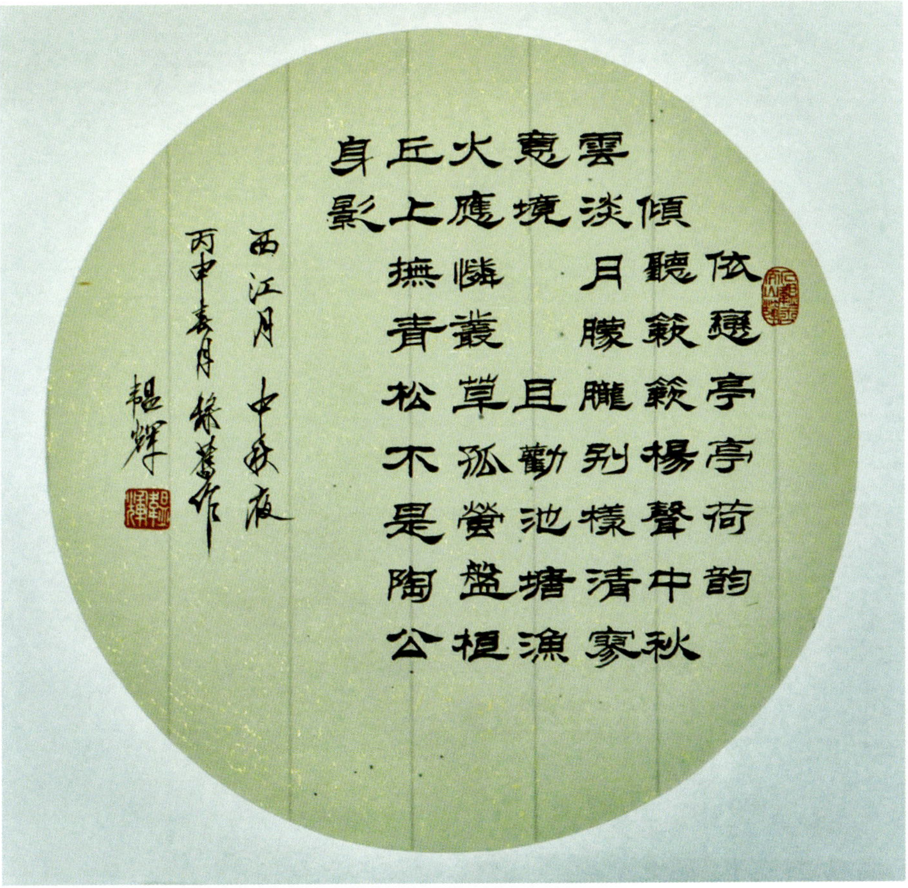
依戀亭亭荷韵
傾聽簌簌楊聲中秋
雲淡月朦朧別樣清寥
意境且勸池塘漁
火應憐叢草孤螢盤桓
丘上撫青松不是陶公
身影
西江月 中秋夜
丙申春月

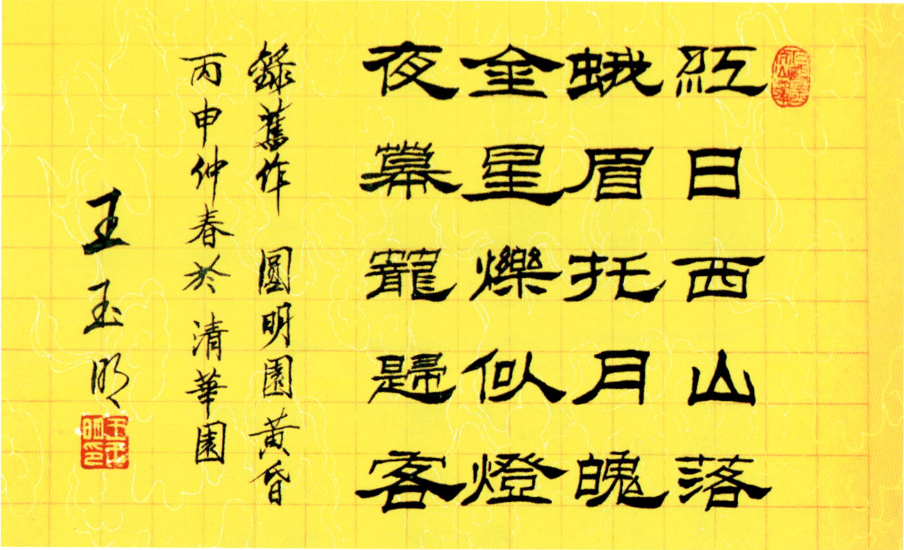
紅日西山落
蛾眉托月魄
金星爍似燈
夜幕籠歸客
錄舊作 圓明園黃昏
丙申仲春於清華園
王玉明

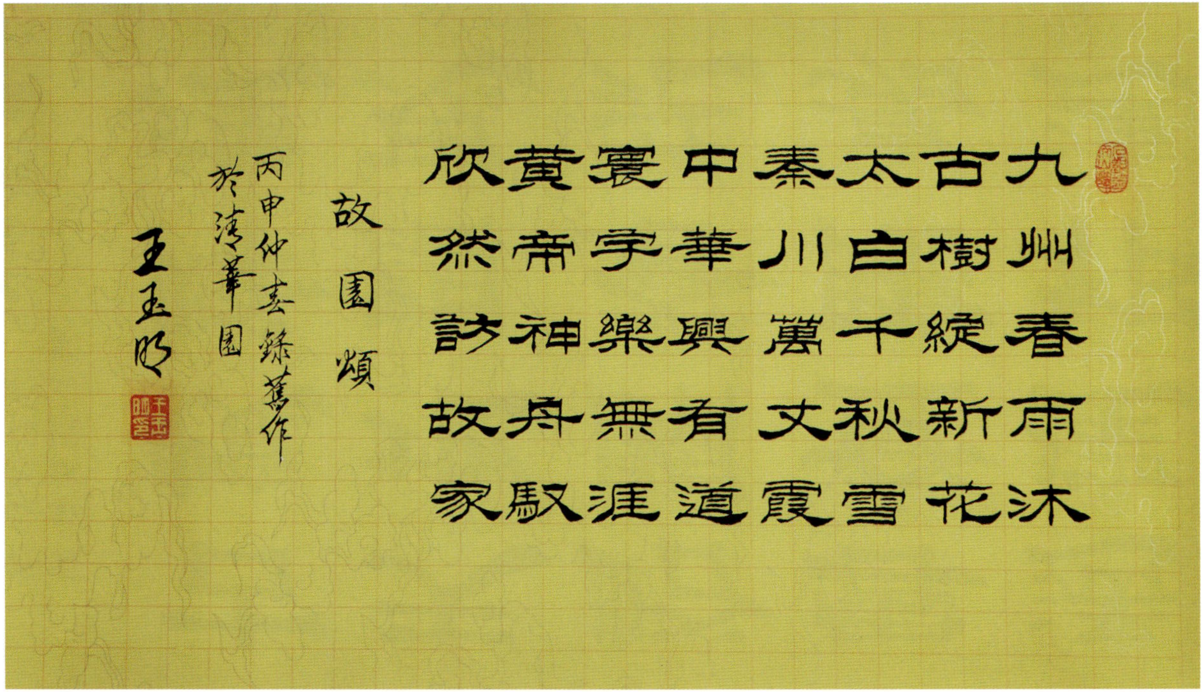
九州春雨沐
古樹綻新花
太白千秋雪
秦川萬丈霞
中華興有道
寰宇樂無涯
黃帝神舟馭
欣然訪故家
故園頌
丙申仲春錄舊作
於清華園
王玉明

遥望祁連雪
登臨嘉峪關
蒼茫天地闊
思古憶烽煙

自錄拙作一首
癸巳年冬月
王玉明

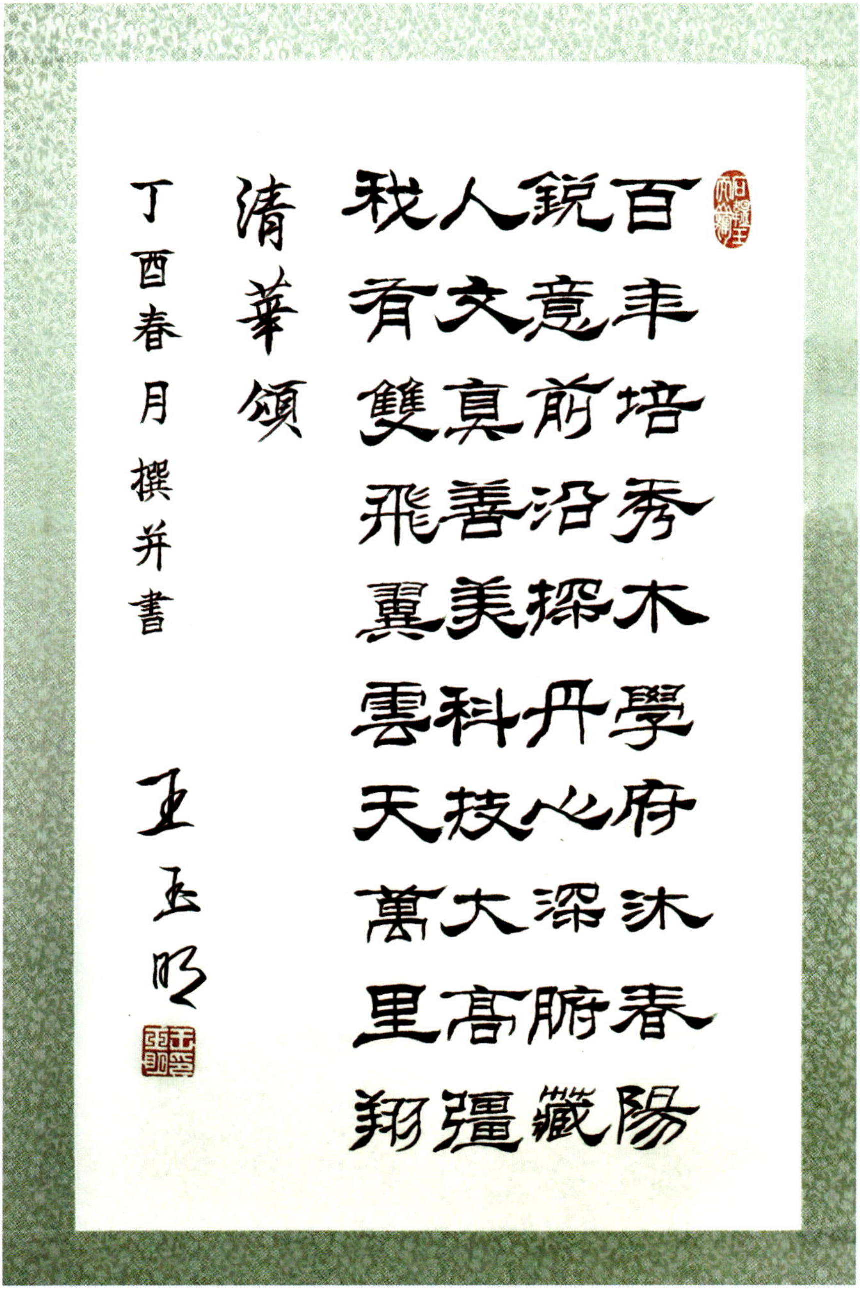
百年培秀木學府沐春陽
銳意前沿探丹心深腑藏
人文真善美科技大高疆
我有雙飛翼雲天萬里翔
清華頌
丁酉春月撰并書
王玉明

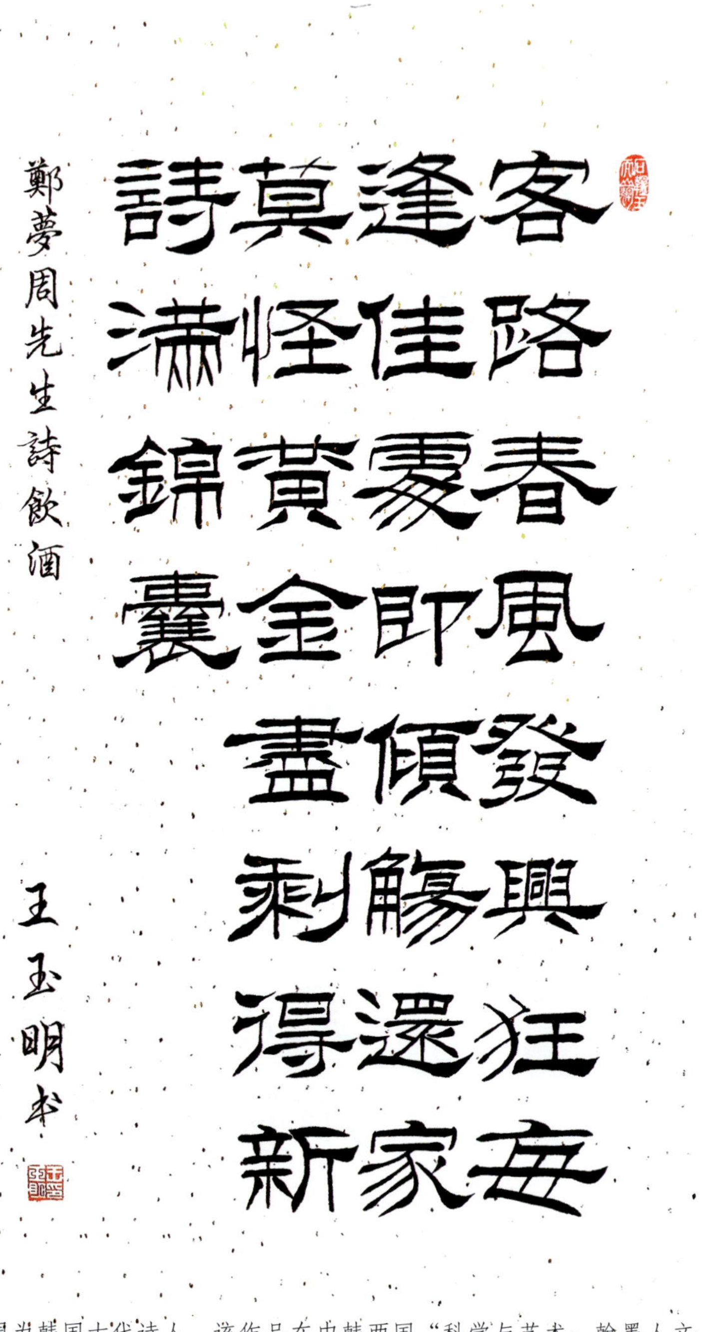


注：郑梦周为韩国古代诗人。该作品在中韩两国“科学与艺术：翰墨人文—知名院士学者书法联展”上展出（首尔）。

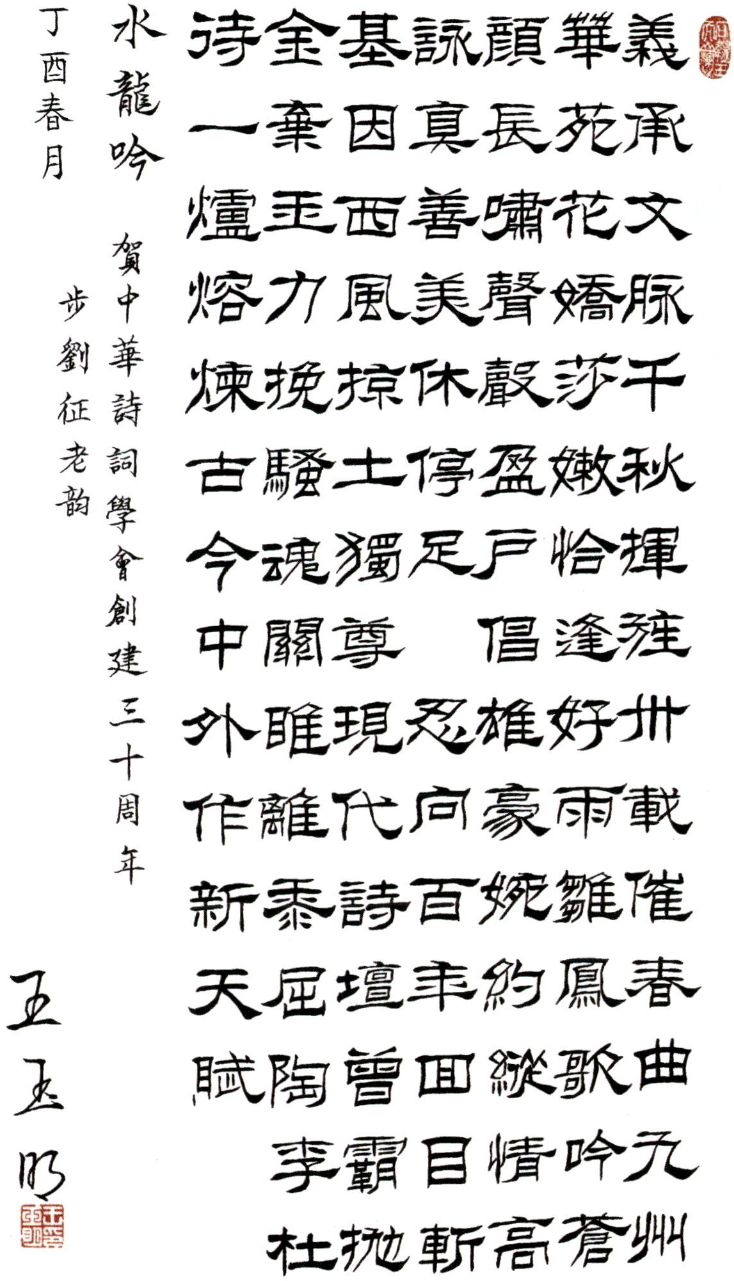


注：本作品在纪念中华诗词学会成立三十周年暨首届“沈鹏诗书画奖”大赛中作为特邀作品参展。

# 叶嘉莹先生点评选萃

“你在本质上是一位真正的诗人。”

“你是一位不失赤子之心的真正的诗人。”

“你写诗是诗，填词是词，度曲是曲，诗、词、曲都很好。”

“绝妙好词。你的新诗和旧诗一样出色，锐感真情，是真正的诗人之诗。”

“尝试多种体式，每种各有特美，足见才华。”

“我觉得您是一个真正的诗人。您不但对于外界的情景很敏感，对于文字其实也非常敏感，不管是新诗还是旧诗，都很难得，都写得很好。这不是我的赞美，是因为您本身有诗人的气质，文字也掌握得很好。”

衷心感谢叶嘉莹先生
对拙作的系统审阅和点评

弟子韫辉（王玉明）

二〇一八年二月

# 前言

1. 这是我的第三本诗集，包括少量摄影和书法作品。共含诗（格律诗和新体诗）295首，书法16幅，摄影36幅。主篇为“韫辉诗词百首”，含格律诗100首和新体诗10首，号称“百首”，系自选的代表性新作和旧作，其中的旧作大都经过反复的推敲修改。副篇第一辑为近作选，含格律诗116首；副篇第二辑为旧作选改，含格律诗69首。

2. 在格律诗的韵律方面说明如下。

我完全赞同马凯同志在《再谈格律诗的“求正容变”》①中对中华诗词（包括声韵）的精辟论述以及中华诗词学会关于“倡今知古，双轨并行”的方针。在力求严格遵守平仄格律的前提下，我在实践上执行了“双轨并行”的方针，美其名曰“两栖”。

我从1962年初开始尝试写格律诗时起，就自发地以现代汉语的发音标准作为“声韵”的依据，后来发现我用的声韵与中华诗词学会公布的、赵京

---

① 该文刊于《中华诗词》2010年第10期。

战先生执笔的《中华新韵（十四韵）》完全符合。不过，我认为“儿 er”应该在新韵中单独列为一个韵部，而不是列在“期 i”韵当中，或者换一句话说，新韵应该是十五韵，尽管这一韵部中的字数极少。近年来，我新声韵、旧声韵都用，当然在同一首作品中并不混用。其中的旧声韵除了《平水韵》《词林正韵》之外，也包括中华诗词学会公布的、赵京战先生执笔的《宽韵（诗词通用韵）》。其实，不少作品是新、旧声韵兼容的（这与“混用”是两码事），现在我尽可能这样做。

3. 我从 2010 年 1 月 30 日结识叶嘉莹先生（请见附录一）以后，在诗词创作方面一直得到叶先生极为热情、深入和细致的指导。2012 年 10 月先生更赐我唯一的别号“韫辉”（按照叶先生的说明，出自陆机《文赋》：“石韫玉而山辉”，与我的名字“玉明”相匹配），从此我与先生的通信都以“弟子韫辉”落款，先生对此已经认可。八年来，我每有新作或旧作新改用电子邮件发给先生，先生都在百忙之中予以指教，或点赞鼓励，或批评指正，使我受益匪浅。

本书原本打算抢在 2016 年 4 月清华大学 105 周年校庆前夕出版，当时的全部诗稿（按照当时的编辑思路均为新作）都打印交给了叶先生。先生在农历大年三十上午打来电话说，诗稿已经全部点评完毕，马上寄出（叶先生亲笔点评的原稿我一直珍藏着）。我拜访过叶先生多次，知道先生工作的繁忙程度远远超过一般的年轻人。一位 90 岁高龄的老先生，一年到头没有任何节假日（包括周六、周日），每天工作十几个小时，还能抽出时间对拙作进行系统的审阅和点评，赶在大年初一之前完成并打来电话通知我，这真让我感动之极，感谢之至！遗憾的是，由于当时这本书的书法和摄影部分没有及时准备就绪，以至于本书的出版一直拖延至今，辜负了恩师加班加点赶工的美意，在此深表歉意！

本书中所说的“新作”指的是2011年《荷塘新月》出版之后的作品，其中大多数都得到了恩师的审阅和点评（见主篇和副篇第一辑）。此书中的“旧作”是在叶先生那次审阅之后由于我自己编辑思路的变化新加进来的，鉴于先生工作极为繁忙，这些作品没好意思再请先生进行系统地审阅和点评。

我1962年春天在清华大学上三年级时开始尝试写格律诗，到现在已经56年了。在结识并拜叶嘉莹先生为师之前已经出版过两本诗集（《王玉明诗选》《荷塘新月》）和一本影集（《智水仁山》）。八年以来，叶先生对我在诗词创作方面的指导绝不仅仅是技术性的，更主要的是在诗魂和诗风上的传授。先生的认同和鼓励极大地激发了我潜能的发挥。叶先生多次夸我悟性好、进步神速，不少其他诗词方家对此也表示认同。例如，孔汝煌先生说：“看到玉明先生师从叶老后的诗风蜕变，很是高兴。”梁东先生在收到我寒假期间从三亚发去的新作之后调侃说：“三日曰刮目，多日未见，这如何刮法？如以北京到三亚为升华，再往前走该升仙了！老友梁东”。香港诗词学会创会会长林峰先生收到我发去的新作之后点评道：“诗词俱佳，词更优胜。”“步古人韵词六阕，均佳！每阕都有佳句，欣赏之至！”蔡厚示先生点赞道：“妙极！学古大家能如此神似，非天助其何？功夫来自博学细思。功成正果，自是大家。大家被赏，永为正理。”尽管我知道这些赞美难免有过誉之处，但是从中不难看出，自从我拜叶先生为师以来诗词水平的显著提高是有目共睹的。在此请允许我对付出大量心血的恩师表达自己最诚挚的感恩之情！

借此机会，我还想多说几句心里话。从以上所述可以看出，叶先生被我称为“恩师”完全是当之无愧的。然而，从另一个角度来看，我还宁愿将恩师视为知音和知己。先生说我“在本质上是一位真正的诗人”，“是一位不失赤子之心的真正的诗人”，这完全是发自其内心的，没有任何应酬的成分，是非常纯洁的。因此，我的诗也应当尽量做到纯洁、纯真，不断追求真、追求善、追求美，只有这样才能无愧恩师兼知音、知己的认可和鼓励。

4. 最近有感而发写了一篇“诗论”方面的文章，作为代跋置于后面。该文阐述了我对现当代诗坛和诗史中旧体诗和新体诗的基本观点。此外，我在韩国参加“科学与艺术：翰墨人文—中韩知名院士学者书法联展”开幕式上的简短发言稿也作为附录三列于书后。

5. 首先，再次对本书进行系统点评的恩师叶嘉莹先生以及其他点评拙作的师友们表示衷心的感谢！

其次，承蒙中华诗词学会会长郑欣淼先生、哈佛/清华大学教授、中国科学院外籍院士丘成桐先生和清华大学教授、中国科学院和中国工程院两院院士吴良镛先生三位泰斗在百忙之中抽出宝贵时间为本书撰写序言，诗词兼书法大家梁东先生为本书题写书名并惠赠手书诗一首，对以上诸位大师表示衷心的感谢！特别应该说明的是，95 岁高龄的吴良镛先生花了整整三天的时间仔细审阅诗稿，最后亲笔手书简短序言和题词，体现了对晚辈的深切关爱，甚为感动。

再次，对高昌、江岚和莫真宝三位中青年诗词方家在诗稿最后的编辑和修改过程中所给予的宝贵咨询建议，表示深深的感谢！

最后，还要向所有在诗词、书法和摄影方面指导、鼓励、支持和帮助过我的师友以及出版社的编辑们致以诚挚的谢意！

韫辉（王玉明）

二〇一八年二月于清华园

# 序一

# 石韫玉而山辉，水怀珠而川媚

郑欣淼

雅风绵远，梦寻清韵。焕然诗国，老枝丰蔚。百般思缕，几番回味。中华诗词的美丽令人陶然，中华诗词的魅力令人沉醉。陆机《文赋》有言：“石韫玉而山辉，水怀珠而川媚。”中华诗词恰如美玉和珍珠，能够使我们的人生世界变得更加明媚和鲜妍。叶嘉莹方家为玉明先生起别号“韫辉”，其中可谓大有深意焉。

子曰：“小子何莫学夫诗？诗可以兴，可以观，可以群，可以怨。迩之事父，远之事君，多识于鸟兽草木之名。”（《论语·阳货》）夫子之言，流布颇广，影响深远。以我在中华诗词学会工作多年的体会来说，对诗可以群的观点感受尤其深刻。可以说，通过诗词这样一个特殊的精神纽带，使我有缘结识海内海外、社会各界、才情兼美的众多师友。诗人院士王玉明先生，就是这众多师友中的一员。

虽然彼此际遇有别，术业各异，对先生专业领域的成就和相关知识了解甚少，互相之间在生活中的接触也不多，但是因为诗词的缘故，我和玉明先生又可谓神交多年。通过他的诗词作品，我对先生的内心世界有了更多的了解，对先生的艺术追求有了更深刻的印象。灯前展卷，静夜吟哦，跃动在他字里行间的那份珍贵的赤子之心，我认为尤其值得点赞。

玉明先生自述1962年春天在清华大学读书时尝试写格律诗，屈指算来，与诗词相伴已经超过半个世纪的风雨时光。先生曾亲身参加“四·五”运动，在《天安门诗抄》留下动人的篇章。近年更得叶嘉莹方家指点，诗词作品缤纷绚烂，更臻新境。玉明先生能够在紧张的科研之余坚持诗词创作，科学与人文并重，流体密封与推词敲句齐行，悠然出入于文理之间，遨游于形象思维与逻辑思维的双重世界，且能做到相融相促，相激相进，殊为难得。这些诗词跨越时空，列阵而来，不仅是玉明先生本人的生活记录、情感抒发，还包括了他对于宇宙和人生的诗意的审美式把握，具有深刻的哲学思考意味。他对“纯洁、纯真”的重视，对真善美的追求，都是令人深切感动的。

人类生活并不只是求新，还需要传承优秀的传统文化；不只是追求物质生活的丰富和变化，更需要精神的持守。在精神层面，人类以往许多的文化和智慧都具有永恒的意义与价值，不会被时间切割，不会被空间阻隔，闪耀着道义和智慧的中华古典诗词文化即属此类。苍苍者天，悠悠者水，草木蔓发，春风万里。源远流长、瑰丽灿烂的中华诗词，联系起一颗颗滚烫的心灵。薪火相传、发扬光大，为时代注入深情，为人民鼓呼歌唱！我相信，有生命力的诗作必定是从心底的清泉里流淌出来，与人民的感情、冷暖、命运紧密地联系在一起的。曾子有言：“士不可以不弘毅，任重而道远。”（《论语·泰伯》）在玉明先生新书付梓之际，略赘数语如上，聊以志贺。

# 序二

承蒙邀请为大作写序，愧不敢当！先生科研之余，犹有此精力写作，使人敬佩。读先生诗词，直如天风海雨，自然清新！忆余年少时，读王维、陶渊明诗，亦感如此。先生漫游世界，得见天下名山大川，无论意境用词，都直逼古人堂庑。人言司马迁书有奇气，今见先生诗词，亦有奇气！盖存赤子之心，得与天地交也。他日趋府，幸得捧袂求教为快！

丘成桐

二〇一七年四月十九日于哈佛大学

# 序三

王玉明先生1959年来清华，对其专业我不了解，唯若干年来积累诗词多首，邀我欣赏。近年他更爱摄影，旅行全球，见多识广，诗思焕发；特别令人堪羡者，他得到叶嘉莹大师的赏识夸奖——“对于外界的情景很敏感”“有诗人气质”“意境高远，情辞兼胜”，这诸多点评，使其境界益进。阅读者亦蒙鼓舞。镛不谙音韵，何敢言诗？敬题【鹤鸣九皋】四字为颂。

吴良镛

二〇一七年十一月六日

# 目录

## 主篇

## 诗词百首

# 副篇

## 第一辑 近作选

## 第二辑　旧作选改

# 主篇

## 诗词百首

# 五绝七首

## 元 旦

昨夜轻轻雪，今朝朗朗晴。

乾坤生紫气，万象焕光明。

◎ 周笃文先生在为拙作《荷塘新月》所作的序言中说：“只二十字，却将祖国朝气勃勃的新貌活脱脱地展现出来。‘万象焕光明’，以对语收束，真有万钧之力。”

## 题自拍香山落月照

遥望香炉顶，深秋红叶残。

小园留梦影，半月落西山。

叶先生点评：“情深意远，两首俱佳。”（含该首，另一首为《碧云寺》）

# 寻　萤

——清华园今秋已久无萤火可寻，不禁黯然神伤。

夜步荷塘畔，寻萤思黯黯。
今宵谁解忧？明月疏星伴。

2012年10月4日

叶先生点评：“意蕴深厚，极好。”

# 癸巳中秋既望海滨独步遐思（四首）

## （一）

秋月升沧海，冰心系故园。
沙平波漾缓，细语似参禅。

## （二）

人去潮升退，云来月晦明。
海中隐鲛泪，天上幻神星。

（三）

清气通心宇，空滩远雾霾。

风涛听愈寂，人月共徘徊。

（四）

桂阙寒冰锁，蓬山白露侵。

婵娟方入梦，仙客可沉吟？

2013 年 9 月 20 日于昌黎黄金海岸

叶先生点评：“大作四首意境高远，情辞兼胜。佳作也。”

**附　钟家佐先生赠词**

浪淘沙·谢玉明院士赠诗

来去尽奔忙，任重途长。羡君行迹世无双。踏遍雪山和草甸，如履康庄。

赤子本诗狂，豪气飞扬。畅怀信口即华章。云外电波遥赠予，醒我迷茫。

# 七绝十六首

## 悼周总理（二首）

### （一）

骨沃神州肥劲草，心头岁岁发春华。

元勋殉国斯民恸，泪雨滂沱没噪鸦。

1976 年 4 月 2 日夜贴于人民英雄纪念碑

注　①此诗被收入《天安门诗抄》（童怀周编选），人民文学出版社，2009 年版，第 25 页；此外还被收入《当代咏北京诗词选》（段天顺主编），北京出版社，1998 年版，第 29 页。②“噪鸦”，系指当时对周总理进行含沙射影污蔑攻击的“四人帮”之流。

### （二）

黑云翻墨欲吞天，妖怪张牙舞戏欢。

安得倚天抽宝剑，擒贼立斩祭君前。

1976 年 4 月 2 日夜贴于人民英雄纪念碑

注　① 此诗被收入《天安门诗抄》（童怀周编选），人民文学出版社，2009 年版，第 47 页。② 按古声韵，“得”和“贼”字均为入声，“贼”字出律，可改为“魔”；但这是历史，已无法改动，且留缺憾。另外，正如万俊人先生所指出的，“君”应改为“公”；但由于上述同样的原因，只能留下缺憾。综合以上两点，如果现在重来，最后一句当改为“擒魔立斩祭公前”。高昌先生曾经极力劝阻我对原作进行文字修饰。

◎ 郑伯农先生在为拙作《荷塘新月》所作的序言中说：“玉明轻易不写政治抒情诗，偶尔为之，也能给人以‘出手不凡’之感。1976 年‘四 · 五’运动期间，他写了二首诗，贴于天安门人民英雄纪念碑前。两年半后，党中央为‘四 · 五’运动平反。玉明激动不已，写下这样的诗句：‘愁满关山怨满天，悲潮怒卷故园寒。小诗曾向刀丛觅，千古奇冤案已翻。’这些诗显示了一位科学家的正义与良知。”

◎ 高昌先生点评：“这两首绝句曾收入著名的《天安门诗抄》，纪录下一个难忘的历史瞬间，有着珍贵的史料价值和思想光彩。文字上有着鲁迅诗风的鲜明印记，尤其第一首与鲁迅作品更是一脉相承。犀利直接，锋芒毕露，掷地有声。也许因其特别的时代氛围，这两首诗在辞采上可能不好与所谓静穆圆熟之作相比并，但鲜活生动的觉醒意识和浓郁滚烫的艺术激情，也是坐在书斋里咬文嚼字的某些篇章难以模拟的。雷雨中奋飞的海燕，比春花间的蝴蝶更加令人震撼。我曾力劝诗人不要对这两首诗做文字上的修饰。一方面为自己留下真挚记忆，另一方面也为存真。”

◎ 万俊人先生点评：“我完全同意高先生的点评！有一字或可考虑一下：祭君前之‘君’字可否换成‘翁’或‘公’？依古用习惯，年长者称年轻者雅用‘君’；反过来，年轻者称年长者则取尊用‘翁’、‘公’、‘堂’等。今人大都不在意这一区别了，但在日本、韩国和南方旧文人中，依然讲究。说起来我还是在中山大学选听中文系商承祚先生之古文字讲座时习知于此的，只是有些依稀了。”

◎ 钱国桢先生点评：“当我们还在蒙昧状态时，您已经那末清醒了，这使我十分钦佩您的正气，骨气与勇气。您的诗的确是在言志，而我的诗主要还是叙事与抒情。”

## “四五”奇冤翻案有感（二首选一）

### （一）

愁满关山怨满天，狂潮怒卷故园寒。
小诗曾向刀丛觅，千古奇冤案已翻。

1978 年

## 庐山吊彭公

小姑含泪大姑恸，匡氏悲吟五老同。
太白乐天苏子叹，天公感我吊彭公。

注　该诗涉及与地理、历史和神话传说等相关的共 20 位神和人：小姑（小孤山）、大姑（大孤山）、匡氏七兄弟（匡庐）、五老（五老峰）、李白、白居易、苏轼、天公、笔者以及彭公（彭德怀）。

## 采石矶怀诗仙李白（四首选一）

### （四）

捉月台前明月光，当年足迹染秋霜。
幽思无尽徘徊久，此刻诗仙醉哪方？

叶嘉莹先生在增补点评时，将此诗标识为佳作。

## 沈园怀诗翁陆游

赤心啼血念江山，旧梦牵魂泣沈园。
国恨情愁多少泪，一生唯有向天弹。

◎ 高昌先生在《玩转律诗》一书中的“范诗品赏”栏目中点评此诗说：“到沈园，特别容易想起陆游的爱情悲剧，一般的诗人也仅仅就是局限在爱情的范畴里抒发感慨。这首诗的作者却跳出了就爱情说爱情的老套路，把陆游的情仇与国恨联系到一起来说，境界自然就博大了起来，诗的底蕴也厚重了起来。陆游的人生悲剧，作者并不是空发议论，而是用一个‘多少泪’惟有‘向天弹’的典型动作来加以概括和表现。这里的一个‘弹’字，力度十足，凝缩了多少感慨和悲愤啊。”

# 亚龙湾海滨漫步遇雨

漫步沙滩夜赏潮，流云忽作雨儿浇。

何妨吟啸享天浴，转瞬晴空月正高。

◎ 郑伯农先生在《王玉明诗选》首发式上代表中华诗词学会所做的致辞中引用该首诗时说到："它马上令我想起苏东坡的名句：'黑云翻墨未遮山，白雨跳珠乱入船。卷地风来忽吹散，望湖楼下水如天。'相同的是它们都是写我国南方晴雨急剧转换的微妙天气。王诗没有苏东坡那样的大起大落，而是娓娓道来，波澜不惊，从中透出一股达观，随遇而安，积极进取的人生态度。夜出赏潮，流云忽然转作泼身雨，作者面对'风云突变'，居然'吟啸享天浴'，不久云开雨竭，月儿重新挂在天上。多么美好的景观，多么美好的情怀！作者没有唱高调，他的人生态度随着对自然风光的细致描写，不动声色地跃然纸上。"

## 彼岸花（二首选一）

### （二）

溪畔山间彼岸花，风姿摇曳泛流霞。
芳心一片红于火，作客相邀到我家。

## 碧云寺

碧云寺顶碧云流，流入心中消百忧。
三世树前泉汩汩，三生石上梦悠悠。

叶先生点评：“情深意远，两首俱佳。”（含该首，另一首为五绝《题自拍香山落叶照》）

◎ 霍松林先生在为《王玉明诗选》所作的序言中说：“绝句则往往清新秀发，饶有生机意趣，写景抒情皆有寄托有情致。一些优美的小诗如‘碧云寺顶碧云流，流入心中消百忧。三世树前泉汩汩，三生石上梦悠悠。’在句式的结撰组织方面也颇具匠心，连章复沓之间传出诗人的心声感悟，可谓是神清气远，余韵悠然。”

# 望月（四首）

## （一）

新改（平水韵／新声韵兼容）

沐浴焚香拜月神，清辉万里净无尘。
君心当共中天镜，照我沉吟忆故人。

注　用李白“月下飞天镜，云生结海楼”之典。

## （二）

新改（平水韵／新声韵兼容）

荒园孤影自徘徊，静静秋塘宝鉴开。
忽泛涟漪缘底事，遥知一叹桂风来。

注　故人一叹带动桂风，远远地吹过来，使静静的湖面泛起涟漪，较原作逻辑性更强。

## （三）

新改（平水韵／新声韵兼容）

星河隐隐起波涛，聊寄相思藉楚骚。
起舞翩翩弄清影，何当同步《月儿高》。

## （四）

新改（平水韵）

桂魄西倾独倚栏，低吟未觉月光寒。
但祈清景融君梦，摄取空灵自玉盘。

**附　原作**

### （一）

（新声韵）

沐浴焚香拜月魂，清辉一片净无尘。
冰心当似今宵月，相伴痴人作苦吟。

### （二）

（新声韵）

荒园孤影自徘徊，蒲苇秋塘宝鉴开。
忽泛涟漪缘底事，遥知一叹动愁怀。

（三）

（新声韵）

怀君望月在今宵，心照无妨万里遥。

起舞翩翩弄清影，何当同步《月儿高》。

（四）

月在中天独倚栏，低吟未觉月光寒。

但祈清景融君梦，摄取空灵自玉盘。

注　四首原稿过于粗糙，“月”字重复太多了。

叶先生点评：“所改皆可给学诗之人做为范例。”

# 应邀聆听迦陵师讲座《我的诗词家国》有感（六首选一）

## （五）

扁舟一叶任飘摇，誓达三山志未消。

夕照云天红似火，登峰吟唱月儿高。

2011年11月9日于清华大学经管学院报告厅

笔者将这组诗发给叶先生后，先生在回信中说到："蒙您赠诗，愧不敢当。但您的诗写得极好，多谢。"

有波浪线的诗句为叶先生标示的佳句，后同。

# 忧萤

萤火幽微闪闪明，关情最是小生灵。

雾霾频锁依然在，但愿年年伴夜行。

2013年7月5日

叶先生点评："诗人之心。"

# 为本诗集原拟书名《三清梦》自题小诗

人文科技翼双生，万卷追寻万里行。
天海山边披五彩，诗书影里梦三清。

2015 年 1 月 21 日口占于津—京车上，2017 年 6 月修改定稿

2016 年 2 月 18 日大年三十上午，叶嘉莹先生打来电话告诉我说，我的全部诗稿都已经点评完毕。电话中还说道：“‘三清’容易误解为道教的三清，最好改一下书名。再说‘清’字也不能完全概括你的作品风格，除了‘清’之外，也有境界高远、气势雄浑、音调铿锵的。”（“三清”指“清新，清秀，清幽”。）此外，先生还说：“你写诗是诗，填词是词，度曲是曲，诗词曲都很好。” 根据叶先生的指点，将书名由原拟的《三清梦》改为《心如秋水水如天》（出自拙作《喀纳斯寻梦之旅》的最后一句）之后，先生说：“用你自己的诗句题名很好。”

# 五律（含排律）十三首

## 海滨新秋

夜雨尘寰洒，晨光天海清。
紫阳波潋滟，绿树岛分明。
有意风私语，无心云远行。
余晖犹未尽，新月已相迎。

2011 年 9 月 27 日

叶先生点评：“有远韵。”

◎ 蔡厚示先生点评：“太绝了，功夫来自博学细思。”“功成正果，自是大家。大家被赏，永为正理。”

◎ 胡遂老师（湖南大学中文教授、博士生导师）点评：“此诗兼美李杜两家，既有锤炼，又非常自然。颈联大佳。清明澄澈，一片神行，既是诗境，更是心境。”
林峰（香港）先生点评：“教授好诗！一派海滨新秋景致！”

# 冬兴（八首选二）

## （一）金星伴月

初雪净京城，寻幽小径行。
寒风撩白发，朗月伴金星。
杨柳无余叶，荷芦带嫩冰。
何须听暮鼓，意静自心清。

2011年12月7日

叶先生点评：“清简有致。”

## （二）北院腊梅

东坡升玉兔，照我故园行。
枯叶沙沙响，寒梅静静听。
馨香盈袖醉，冷艳入心清。
风月谁同赏？稀疏天外星。

2011年12月13日

## 回首京华

醉氧沙滩上，乾坤揽入胸。

层层天际浪，阵阵海滨风。

竹秀临窗碧，花娇入梦红。

京华回首处，何日雾霾终？

2012年1月春节前夕于三亚

注 “醉氧”是某些人从缺氧地区到富氧地区之后突然产生的类似于醉酒的一种感觉。这里用“醉氧”以极言从北京到三亚后在空气质量上感觉到的差异。

叶先生点评标线诗句：“偶句清丽自然。”

## 寒 夜

残冬独夜行，月影鉴池冰。

人寂林尤静，风寒神亦清。

幽思追逝水，雅意寄疏星。

春梦丝丝雨，桃红杨柳青。

2012年2月4日

叶先生点评：“情景真切，出语不俗。”

# 荷塘萤火

闪烁若星芒，熹微萤火光。
悠悠流水韵，袅袅睡荷香。
美丽唯一瞬，情思自久长。
红尘弥漫处，幽苑作仙乡。

2012年7月18日

叶先生点评：“《萤火》一诗，意蕴深厚，极好。”叶先生将“梦”字改为“睡”。

**附　高昌先生和诗**

叶下舞奇芒，风中闪异光。心清尤焕彩，性淡不争香。
客路随秋远，蓬窗伴夜长。相思灯盏亮，照梦到家乡。

# 观秦皇兵马俑有感

强大秦兵马，驰骋卷飓风。
吼声冲地府，杀气撼天宫。
霸主当年冀，皇权万代承。
烟销书烬热，好梦便成空。

◎ 郑伯农先生在为拙作《荷塘新月》所作的序言中说：“玉明的旅游诗中有好几首是对古迹的凭吊。作者对于文人留下的风流韵事似乎不大感兴趣，令他激动不已的首先是那些关系到民族兴亡的人和事。和写山光水色的诗章不同，这些诗沉郁、雄浑，展示出作者诗情的另一面。”

**附一　原作**

强大秦兵马，奔驰似飓风。
吼声冲地府，杀气撼天宫。
霸业千秋继，皇权万代承。
谁知方二世，好梦竟成空。

注　“奔驰”改为“驰骋”，更准确；“似”改为“卷”，不仅更准确，而且气势更强，与后面的“成空”对比更加强烈；“霸业”改为“霸主”，“千秋”改为“当年”，“继”改为“冀”，不仅将有“合掌”毛病的对偶变成了不十分工整的“流水对”（“冀”，及物动词，希望／期望，下句是其宾语从句），而且“冀”与后面的“成空”呼应紧密。“谁知方二世”太直白，“烟销书烬热”则有典故（“竹帛烟销”，“坑灰未冷”）。

叶先生点评：“所改皆可给学诗之人做为范例。”（包括《望月》四首）

**附二　龚克先生和诗**

项羽兴兵马，刘邦歌大风。
魂惊鸿宴府，火叹阿房宫。
统业千秋继，皇权几代承？
人民开盛世，仗剑问长空。

# 我心飞翔

既然寻境界，何必避风霜？

暮揽关山月，朝吟天海阳。

冰浮涛有寂，心静宇无疆。

雪霁崖礁立，云霄逐鸟翔。

2004 年 2 月春节期间于北戴河

注　“冰浮”原稿为“潮平”，前者为实景，后者为虚景；经反复斟酌，仍以“冰浮”为好，因海面浮冰而没有波涛声响，更合乎逻辑。后面一句，将原稿中的“冰雪”改为“雪霁”，以避免重字。最后一句，将原稿中的“碧空”改为“云霄”，主要是因为按照新声韵“逐”为平声，此句平仄格律没有毛病，但在古声韵中“逐”为入声，则此句之平仄为“仄平仄仄平”，就犯孤平了，而将“碧空”改为“云霄”就能同时满足新、古声韵的要求了。

◎　霍松林先生在为《王玉明诗选》所作的序言中说：“‘既然寻境界，何必避风霜？暮揽关山月，朝吟天海阳’，可见其胸怀气度。”“在这本诗集里，颇多人生感悟，警言佳句比比皆是，如‘潮平涛有寂，心静宇无疆’等。”

杨叔子先生在为《王玉明诗选》所作的序言中说：“暮揽关山月，朝吟天海阳。’当我初次读到王玉明同志的诗，读到这一豪放而精彩的诗句时，心绪难静，思潮难平，似乎看到鹰击长空自由飞翔。”又说：“诗不是写出来束之高阁的。诗的好坏最后得凭历史检验：能不能为群众喜爱？能不能广为流传、经久不朽？孟浩然的《春晓》，李绅的《悯农》，张若虚的《春江花月夜》，白居易的《长恨歌》等等，无论长短，脍炙人口，流传至今。张九龄的‘海上生明月，天涯共此时’，苏轼的‘ 但愿人长久，千里共婵娟’等，已深入民心，成为表达思亲的共同心声。我想，之所以能如此，就在于能不能以最精炼、最朴素、最感人的民族语言，揭示人性中最普遍、最深刻的东西，首先是情感。王玉明同志的‘既然寻境界，何必避风霜？’（《五律 · 我心飞翔》）就是这类诗句了。我想，诗人更会有此感悟。”

◎　周笃文先生在为拙作《荷塘新月》所作的序言中说：“科学的大境界，需要不避风霜的乐观的诗心支撑，才能挺立崖礁，翱翔天宇。”

# 云南映象

混沌初开日，祈神拜祖先。
长歌惊肺腑，劲舞动山川。
炽烈情郎抱，婀娜孔雀旋。
原生粗犷美，一醉彩云南。

◎ 周笃文先生在为《荷塘新月》所作的序言中，称此诗“是充满野性之绝作。诗的起笔突出了一种未可知的神性气氛。下面两联野性十足，把‘巫女’杨丽萍之神秘特美的属性渲染到了极致。一段原始生命涌动之状，被灵光爆破地描绘出来。收尾两句，妙笔点睛，余味无穷。此当为诗词集中压卷之杰作”。

◎ 江岚先生点评：“首联气势开张，境界深远，邃古洪荒之气扑面而来。中间两联音节高亢浏亮，写出了云南独具特色，挪移不得。一结有力，余韵缭绕。全篇神完气足，格高调遒，堪称佳作。”

# 现场观神舟九号飞船发射

巨龙喷烈火，紫焰伴雷鸣。

瀚海丹霞耀，碧霄银箭腾。

回眸三剑客，昂首众英雄。

华夏飞天梦，成真盛世中。

2012年6月16日

叶先生点评：“大作气魄雄浑，情意真淳，拜读之下，至为感佩。”

# 答谢迦陵师赠雅号“韫辉”并预祝南开大学“迦陵学舍”早日落成

在一次聚会中我请迦陵先生赐予雅号，先生欣然允诺。先生随后来信说：“先后惠传图片多幅，皆已拜收，形象意境都极为优美，非常感谢。我上次请张静奉告我为您取的别号韫辉，出于陆机《文赋》‘石韫玉而山辉’，可与您的大名相配合，不知您以为如何？”特此献诗以答谢恩师。

雅号启心扉，青山焕素辉。
大师灵气赋，弟子沐恩归。
舟楫飘沧海，书庐结翠微。
诗魂寰宇布，红叶碧霄飞。

2012年9月26日夜，2017年1月7日修改定稿

**附　原作**

赠余雅号启心扉，韫玉青山焕素辉。
米寿大师灵气赋，古稀弟子沐恩归。
半生舟楫飘沧海，百岁书庐结翠微。
诗赋精华寰宇布，白云红叶碧霄飞。

将此稿发给迦陵师求教之后，迦陵师回复说：“此诗或可改七言为五言。把每句首二字皆删去。如何？”遂按迦陵师指教改为上述五律。改成五言之后，不仅精炼了，而且每联都基本上对偶，相邻两联的句型都不重复。先生的指教真可谓“点石成金”。

# 清华礼赞

——应邱勇校长之约为2017年清华大学全体教职员工大会而作

百年培秀木，学府沐春阳。

锐意前沿探，丹心深腑藏。

人文真善美，科技大高强。

我有双飞翼，云天万里翔。

2017年3月10日于清华园

叶嘉莹先生在增补点评时，将此诗标识为佳作。

◎ 蔡厚示先生点评："颈联大佳"。

# 圣诞香山月夜有感

严冬深夜里，独自赏庭园。
厅内华灯幻，山间古柏恬。
风消云远逝，林寂鸟酣眠。
雪净天光澈，冰明月影寒。
空灵心似水，静谧意犹禅。
宇宙无生有，人生珍百年。

叶先生点评：“‘香山’诗意境极好。”

◎ 霍松林先生在为《王玉明诗选》所作的序言中说：“‘风消云逝远，林寂鸟眠酣。雪树天光澈，冰湖月影寒’，对冬夜幽寂静谧的圣洁之美的表现，都十分纯净灵动，可谓是‘素处以默，妙机其微’（司空图《诗品 · 冲淡》）的神来之笔。细读院士的诗词，佳篇佳句美不胜收，意象的瑰丽多彩，比喻的新奇警策，词采的丰赡，声律的谐协，使我们在感到风物美人情美语言美的同时，也为一颗爱美的赤诚之心深深感动。一切都是缘于美的感召，美的映射，表现在院士的创作中，便是一种写景抒情都具有十分浓烈美感的个人独特风格。”

◎ 郑伯农先生在《王玉明诗选》首发式的致辞中说：“我设想，作者大约刚刚完成一道科学攻关，有时间在香山小憩，心情完全放松。他完全被圣诞节的香山夜色吸引住了，如真如幻，如痴如醉。‘空灵心似水，静谧意犹禅。’这里的‘禅’不是纯宗教意义的禅，而是作者在感悟宇宙和大自然的无限丰富。对于这样的诗，用‘热爱自然’‘拥抱自然’之类的词汇去形容是乏力的。作者几乎完全和自然景色溶为一体，达到‘天人合一’。我以为写当代夜景，写人与自然的和谐，这首诗是很值得留意的。”

# 七律十一首

## 幽谷临风

初浴晚风凉似水，一天暑气顿时消。

泉声清朗林岩寂，山影苍茫星汉高。

袅袅幽香神邈邈，飘飘萤火夜迢迢。

更深露重归犹恋，九曲溪流入梦遥。

1962 年于清华大学三堡休养所

根据叶先生指正，将原稿中的“云亭”改为“林岩”。

# 万里长城

老龙头下浪淘沙，万里长城赤子家。
沧海痴寻三岛客，苍山醉赏四时花。
雪峰银月前朝梦，大漠黄河千古霞。
嘉峪关西红日落，昆仑莽莽境无涯。

◎ 郑伯农先生在为拙作《荷塘新月》所作的序言中说：“玉明喜欢旅游，工作之余，经常携纸笔带相机出没于青山绿水之间。摄影和赋诗是旅游的副产品。‘一景难求诚守候，只词不雅苦沉吟。’这两句诗生动地道出了他觅景寻句的艰辛。古人写旅游山水诗，往往借诗明志，透露出一股出世之情。玉明没有出世之情，他用全身心领略大自然之美。作为科学家，他在享受自然美之余，也在思索着大自然的奥妙。他的山水诗，大都体现出人与自然的和谐，引领人们陶醉于水色山光之中，如《万里长城》。”

# 燕子矶登高

重阳眺远上矶头，风卷浮云掠画楼。
飞却梁间双燕子，翔回江渚数沙鸥。
通衢南北千年梦，破浪东西万里舟。
澎湃洪涛迎海日，登高诗圣漫悲秋。

叶先生将原来的“瞩目”改为“眺远”。

**附　原作**

## 登　高

重阳瞩目燕矶头，风卷白云掠画楼。
飞却梁间双燕子，翔回江渚数沙鸥。
横空南北千年轨，破浪东西万里舟。
澎湃洪涛迎海日，少陵当此漫悲秋。

注　① 原稿两个“燕”字，修辞不雅；“燕矶”是“燕子矶”的缩写，这对于专有名词也不太妥当，将“燕子矶”放在标题上就行了。②“白”在古声韵中是入声，此句“犯孤平”了，故改为“浮”，修改之后就可以新古声韵兼容了。③“千年轨”系指南京首座长江大桥，但“千年轨”三个字很生硬，改为“千年梦”则很顺当；但“横空”与之不匹配，故改为“通衢”。④ 将“少陵当此”改为“登高诗圣”，既表示对其尊敬又使人明确地想起其名作《登高》。

## 喀纳斯寻梦之旅

鲲鹏西去掠云端，仙境十年魂梦牵。
漫漫金沙翻大漠，皑皑银雪耀崇山。
桦林晚照升明月，村落晨炊入野烟。
五彩斑斓盈醉眼，心如秋水水如天。

注 ① 该诗于 2013 年 1 月 14 日在人民大会堂由中央人才工作领导小组和中组部组织的“院士专家新春联谊会”上配合摄影作品由本人登台朗诵。该诗原标题为“喀纳斯秋色”，与内容不太一致，故改。② 本书书名出自该诗最后一句。

根据叶先生的指点，将本诗集原拟的书名由《三清梦》改为《心如秋水水如天》之后，先生说：“用你自己的诗句题名很好。”

## 访俄有感

西行万里访他乡，原野茫茫秋叶黄。
大帝宫前长跃马，女皇花径尚留香。
强梁深陷销冰土，巨霸分崩争沃疆。
墓内哲人惊梦否？卧听闲话叹兴亡。

◎ 郑伯农先生在为拙作《荷塘新月》所作的序言中说：“他漫游俄罗斯，写了八首组诗，都很动人。”

## 七律·无题

似将摇落一窗星，猎猎寒风掠故京。
天上银河当已冻，人间扬子不成冰。
南山惆怅惊幽草，北海缠绵惜盛英。
烟柳溪边春梦暖，一弯霜月正西倾。

叶先生将原稿的“慕盛英”改为“惜盛英”。

## 荷塘幽思（四首选二）

### （一）春思

已是仲春犹夜寒，丁香花盛气清甜。
蟾宫有泪莹光冷，水面无风月影圆。
恩泽举头朝塞北，诗情闭目忆江南。
恰逢三五团圞日，如此良宵不忍眠。

注　“塞北”和“江南”均为泛指，“塞北”实际上是指笔者的故乡吉林省梨树县，是对笔者恩泽极深的父母的安葬之地。

将原作的“笼寒”改为“夜寒”之后，叶先生点评：“**改得好。**”

## （三）秋思

竹树萧萧芦荻残，清凉月色满荷园。
冰轮移过孤枝际，觉悟萌生逝水前。
宇宙零源何物有？菩提非树岂尘沾？
无穷奥妙生灵蕴，小小寰球运九天。

2015 年 1 月 19 日再修改

注　首句原为“竹影森森莲影残”，因“森森”韵味过于沉郁，故改为“萧萧”；原“尘缘”之“缘”字对仗不工，故改为“尘沾”。

**叶先生点评：“四首都很好，景真情挚，意境俱佳。”**

◎　周笃文先生在为拙作《荷塘新月》所作的序言中以上面两首中的佳句举例点评：“郑伯农先生在《王玉明诗选》首发式上的致辞中，精辟地阐述玉明院士的诗词风格，他以“清新、清秀、清幽”概括诗人的主体风格，是很到位的评价。的确玉明先生的作品是以‘清’立骨，而自具面目的。比如其‘蟾宫有泪荧光冷，水面无风月影圆’（《荷塘幽思》之一）与‘无边奥妙生灵蕴，小小寰球运九天’（《荷塘幽思》之三），皆清以运之，奇逸无比，令人为之刮目。”

# 丁酉元日有感

——步韵和香港林峰先生

海南椰果正飘香，塞北依然万里霜。

喔喔鸡声天色晓，沉沉鳌影海波扬。

仰观寰宇涡云乱，卧念神州征路长。

梦断桃源诗画里，披衣纵览大文章。

2017年1月28日于三亚湾

**附一　林峰先生原玉**

## 丁酉年宵吟

梅边绿竹笋增香，惊断云天正月霜。

风起青山春妩媚，波平沧海水悠扬。

身多骏骨何妨瘦，夜是良宵岂厌长。

闻道京华鸡唱晓，披襟又写大文章。

（当年宵爆竹鸣放的时候，林峰以这首诗虔献阁下。祝阁下新年快乐，岁岁吉祥！）

## 附二　林峰先生赠诗

（一）

天下雕龙手，风流只属君。
春朝辉薄日，秋雨洗浮云。
大句千年唱，修名九塞闻。
论坛魁可占，玉版惜斯文。

（二）

月宇栽花桂，天香玉树开。
摘星驰电去，奔海抱云回。
北斗光河汉，东风入酒杯。
文章千古事，君是洛阳才。

# 赞中华传统诗词从复苏走向复兴

——步韵和马凯同志

花蕾芽苞绽放迟，霜凌雪冻不弯枝。
基因欲斩西风啸，精魄当存骏马驰。
讨逆扬眉挥利剑，兴邦放眼赋豪诗。
神州万众弘文脉，浴火重生凤舞时。

2015年7月28日

注　据知全国各类诗词组织会员达两百万人，尚不计网络诗词园地中的年轻人。据报载，首届“诗词中国”传统诗词创作大赛参与者多达一亿两千多万人次，在诗词史上堪称壮观，前所未有。

**附　马凯先生原玉**

## 七　律

——写在中华诗词学会第四次全国代表大会召开之际

大地春回盼未迟，唐松宋柏又新枝。
随心日月弦中起，信手风云笔下驰。
骚客曾忧无续曲，吟坛应幸有雄诗。
山花烂漫人开眼，更待惊天泣雨时。

2015年7月26日

# 步韵奉和李文朝先生《戊戌咏春》诗

立宪未成龙丧身，哀哉甲子叹双轮。
乾坤翻覆凭神斧，日月驱驰有巨人。
民意韬光三十载，初心筑梦万千春。
潮流浩荡观寰宇，四海高呼时代新。

2018 年 2 月 13 日于三亚

**附　李文朝先生原玉**

## 戊戌咏春

变法图强不顾身，岁更戊戌两回轮。
山川已换经纶手，关隘终来开锁人。
解索神龙当筑梦，值班旺犬正迎春。
吉祥红火城乡乐，锦绣乾坤万象新。

# 词四十六首

## 调笑令·水木清华

杨柳，杨柳，细雨斜风浴就。鹅黄新绿柔裳，曼舞轻歌艳阳。阳艳，阳艳，水木清华眷恋。

1962 年春（处女作）

叶先生在增补点评时，将此词标识为佳作。

◎ 周笃文先生在为拙作《荷塘新月》所作的序言中说："玉明先生感情丰富，兴趣广泛，对生活的发现与感悟尤多。读他的诗，能把你引入一个五彩缤纷的世界。其中水木清华与荷塘月色更是他心中永不褪色的情结，他的诗作中至少有二成以上是为此而发的。《调笑令·水木清华》即是他处女之作，成于 1962 年。"

## 自度曲·悼先父

雪原新墓祭花，悼先父，亦爸亦妈。不屈不折不拔，育子女，为民为国为家。

莽原似海，哀思如浪，洒泪祭英侠。秋月与春花，应伴您、西方极乐无涯。

1999年12月4日

注　该自度曲可以用美国福斯特所作的《故乡的亲人》之曲谱加以咏唱。

◎　周笃文先生在为拙作《荷塘新月》所作的序言中说："玉明先生是极富亲情友情的人。他的一首用新声韵写成的自度曲便是悼念其了不起的慈父的，字字血泪，表达了对慈父的昊天罔极的深情。"

## 自度曲·离愁

如钩月，照窗前，客舍有人愁未眠。伊人或亦然。

秋风起，叶飞翻，晓雨淋漓别梦寒。离人泪不干。

◎　周笃文先生在为拙作《荷塘新月》所作的序言中说："玉明先生是极富亲情友情的人。他的一首怀念亲人的自度曲《离愁》也同样感人：节短韵长，深情无限，令人读之凄断。"

# 忆江南·西子湖（四首）

## （一）

苏堤忆，春晓踏歌行。桃蕾飞红惊梦蝶，柳芽溢碧唤流莺。微雨草青青。

## （二）

清秋夜，遥忆小瀛洲。金桂香源琼殿树，银湖光自素娥眸。无寐月如钩。

## （三）

黄昏际，豪兴赋斜阳。湖水煌煌金剑敛，山林隐隐火轮藏。人面沐霞光。

## （四）

人方静，西子睡尤妍。雾淡云微天润水，星飘灯曳水溶天。诗酒梦难言。

叶先生点评：“四词俱佳，与书法相得益彰。”

## 蝶恋花·鼎名花园（二首选一）

### （一）

雨浴风梳神采焕，举目庭园，一片春光烂。白紫红黄齐耀眼，馨香阵阵飘天半。

三季芳菲一季淡，春去秋来，何必多愁叹？枣柿梨榴甜胜饭，落英且染桃花扇。

2001 年 4 月

注　“鼎名”，笔者当年所创建的公司名为“天津新技术产业园区鼎名密封有限公司”，简称“鼎名公司”。“鼎名花园”系公司内之绿地，其中花木均为本人所策划。

## 调笑令·三亚湾

三亚，三亚，北客冬来度假。金滩碧海蓝天，醉卧椰荫半眠。眠半，眠半，妻女轻呼“午饭！”

叶先生点评：“自然。”

# 唐多令·海天花月夜

清夜月儿高，彩云追月飘。望海天、灯影轻摇。花气袭人沉醉处，枫叶舞，桂香飘。

华发志难销，乘鸾上碧霄。遍三山、五岳游遨。巡罢寰球归故里，回首处，醉良宵。

此词原稿局部平仄出律，经叶先生指正后修改。上半阕末句改为：“枫叶舞，桂香飘。”下半阕末句改为“回首处，醉良宵”。

◎ 霍松林先生在为《王玉明诗选》所作的序言中说：“在作者为数不少的词作中，可以看出其对词的传统艺术特色有较精当的把握，如《唐多令·海天花月夜》《行香子·良宵》《满庭芳·赏昆曲〈牡丹亭〉感赋》《鹊桥仙·桃花新月》《苏幕遮·青海湖》等，都较好地体现了词体应当具有的婉曲、柔丽、轻灵、细腻、纤巧的审美特质。”

## 踏莎行·黄果树瀑布

雨步花溪，晴观瀑布，惊雷滚滚天河注。溯流直上更游仙，扁舟明月银河渡。

北海波涛，南山竹树，洞庭秋草鄱阳鹭。徐公胜迹更多寻，蓬莱东去无多路。

◎ 杨叔子先生在为《王玉明诗选》所作的序言中说："在《王玉明诗选》中，佳作比比皆是，既有民族性又有时代性。在中国文联出版社 2007 年出版的由中华诗词学会副会长赵京战编著的《新韵三百首》中，就收入了王玉明同志用新声韵写的十五首诗词，例如《踏莎行·黄果树瀑布》：'我今超'，'无多路'，多么富有时代气息！又多么深涵传统游仙滋味！"

## 行香子·良宵

天海霞烧，人面红娇。望岛礁、隐隐飘摇。余晖敛尽，夜色清寥。正风儿轻，云儿淡，月儿高。

情思缕缕，子夜迢迢。休辜负、如此良宵。诗词品赏，清丽雄豪。步云南歌，江南曲，岭南谣。

## 西江月·《良宵》

水面银涟光闪，蟾宫金桂香飘。《良宵》相继《月儿高》，妙韵云天缭绕。

《康定情歌》声近，《小河淌水》音遥。乘风归去怯清寥，还是人间美好。

◎ 周笃文先生在为拙作《荷塘新月》所作的序言中说：“对音乐的爱好，也是诗人自娱自乐的重要元素。他的《西江月·良宵》，把一系列的歌曲，顺手拈来，竟是如此严丝合缝，浑如天成。”

## 清平乐·繁星

繁星璀璨，神秘苍穹看。银汉迢迢涵亿万，河外星云无限。

茫茫宇宙知难，休言身后身前。生命何其珍贵，火花一瞬之间。

# 西江月·中秋夜

清华园2010年被福布斯评为世界上14个最美丽的大学校园之一（排名第七，亚洲唯一），其近春园遗址即荷塘等处尚余对生态环境要求颇高的萤火虫，余极为爱怜。

依恋亭亭荷韵，倾听簌簌杨声。中秋云淡月朦胧，别样清寥意境。

劝阻池塘渔火，爱怜丛草孤萤。盘桓丘上抚青松，不是陶公身影。

2011年9月12日

注　该小令获第四届华夏诗词优秀奖。刊载于《中华诗词》2013年第四期第12页，并收入《中华诗词学会30年诗词选》。

叶先生点评：“有远韵。”

# 浣溪沙·重访中哈边境白哈巴村有怀

十载西风色未衰，今朝寻梦画重开。相思树下久徘徊。

霜鬓何妨行万里，秋光应许醉千回。红颜莫不晓情怀？

2012年10月3日

注　“红颜”系指欧洲山杨，一般九月中旬树叶即红，非常艳丽。此词经叶先生指正修改如是。

叶先生点评：“情真语挚。”

## 满庭芳·江南之春

月照梨花，梨花映月，碧空轻抹微云。菜花百里，风起泛金纹。更有依依翠柳，如纤发、抚面情深。斜阳里，桃红飞舞，香雾透黄昏。

茵茵，芳草地，何妨醉卧，索句春阴。念沧海沉吟 ，雪岭追寻。佳作何时可得，西楼上、捻断须根。情融景，清新豪放，万里觅诗魂。

叶嘉莹先生在增补点评时，将此词标识为佳作。

## 浪淘沙·钱塘潮

高岸眺东方，天海苍茫，遥遥一线闪银光。壁立涛头来近处，雷暴风狂。

雪浪卷秋霜，野阔天长。波澜直溯富春江。千古英雄豪气聚，凝作华章。

# 青玉案·三亚上元节遐思

拟稼轩

凤凰花胜红棉树，念芳草、多情绿。缕缕残霞销夜幕。焰飞星雨，浪敲鼙鼓，金碧蛟龙舞。

蛾眉颦笑知何处？塞北江南几多路？灯火渺茫迷海雾。涛声如怨，青山无数，迢递凝眸苦。

2012年1月22日

叶先生点评：“虽未必全似稼轩，然吐语不俗，自是佳作。”

# 蝶恋花·涛声

碧海蓝天终日看，潮落潮升，朝暮云霞烂。漫步沙滩长夜半，留连只为涛声恋。

风烈浪高天地撼，壮阔波澜，似鼓如雷电。细语沙沙呼款款，梦中交响诗柔曼。

2012年1月30日

叶先生点评：“情景真切，出语不俗。”

## 渔家傲·三亚抒怀

拟李易安

昨夜狂风嘶岸树，窗前一片涛声怒。疑是银河倾巨瀑。开晨雾，不知风雨归何处。

万里云霄鹏正舞，灯红酒绿何须顾。天外广寒宫半露。斜阳暮，紫霞遥送三山路。

2011 年 10 月 6 日

叶先生点评：“气象高远。”

## 浪淘沙·悼北川中学“5.12”地震死难师生

校舍掩崩山，一刹之间。唯余球架与旗杆。千百师生埋没处，终古含冤。

惨状裂心肝，涕泗涟涟。鲜花束束祭灵前。幸看新城新校建，告慰西天。

2012 年 2 月 22 日草于中国工程院机械与运载工程学部常委会于绵阳召开期间

叶先生点评：“悼北川中学的《浪淘沙》是现代风格的古典诗词作品，写得真切感人。”

# 采桑子·觅诗魂

煌煌诗国千峰立，晓月朝阳，草树芬芳，流水悠悠万古长。

行吟泽畔南山隐，天姥魂翔，巫峡情伤，豪赋黄冈与建康。

2017年3月6日晨

注　下半阕先后指屈子、渊明、太白、杜甫、东坡和稼轩，第一句“行吟泽畔”指屈原、“南山隐”指陶渊明，第二句引李白《梦游天姥吟留别》，第三句引杜甫《秋兴八首》，末句引苏轼《念奴娇·赤壁怀古》和辛弃疾《水龙吟·登建康赏心亭》。

原稿末句为“赤壁酹江哀建康”，叶先生指出“酹”字平仄出律，故修改如上。修改之后不仅合律了而且句法上也更顺畅了。

# 用古人韵词十三首

## （一）蝶恋花·春愁

用冯延巳韵

飘渺行云天际去，渐染玫瑰，大野沉沉暮。几日春朝苞带露，绿荫转眼迷烟树。

解甲之期谁共语，归去来兮，陶令知余否？流水落英飞柳絮，桃源渺渺山深处。

2017年2月6日于三亚

## （二）蝶恋花·春晓

用柳永韵，反其意而用之

向晓流莺声细细，三角梅红，椰树连天际。雪浪千层霞万里，长风吹却沉沉意。

满眼春光人欲醉，尽品神州，南北东西味。回首来程应不悔，萧萧白发谁憔悴！

2017年2月7日于三亚

## （三）蝶恋花·春思

用苏轼韵

雪浪无垠帆影小，绿树红花，紫气南山绕。白发休怜搔更少，且看原上离离草。

千载远芳侵古道，历尽枯荣，阅尽佳人笑。咏罢大江音杳杳，坡仙彼岸无烦恼。

2017年2月7日于三亚

## （四）浪淘沙·牛女怨

用李煜韵

昨夜雨潺潺，灯火阑珊，衣单儿女念孤寒。暂聚今宵忧鹊散，何处寻欢？

泪眼共凭栏，邈邈关山。呜呼谁解做神难？王母权威千古怨，何似人间！

2017年2月7日初稿，2月9日修改定稿于三亚

## （五）鹊桥仙·七夕

用秦观韵

蟾光似水，涛声如诉，群鹊桥间疾步。重逢今夕喜犹悲，泪飞作、人间清露。

天迷北斗，山吞猎户，晓色匆匆来顾。今宵别后隔星河，忍回首、一年一度？

2017 年 2 月 13 日于三亚

## （六）水龙吟·上元节拜海上观音圣像感怀

用辛弃疾韵

遥瞻南海澄蓝，波涛万顷连天际。仰望观音，慈悲含目，祥云环髻。红日生辉，春风施惠，香熏游子。遍人间俯瞰，生机勃发，循天理，遵禅意。

如是我闻精粹。诵心经，色空知未？茫茫宇宙，鸿蒙开辟，何来元气？量子纠缠，时空相对，莫能明此。悟虚实互动，凝神止水，免多情泪。

2017 年 2 月 14 日补记上元节参拜事

## （七）如梦令·华园山桃

用李存勖韵

水木桃烟轻笼，曾引闲愁万种。学子正青春，唯美诗心萌动。如梦，如梦，两鬓而今霜重！

## （八）如梦令·华园春

用李清照韵

墨柏苍松翠柳，红粉山桃似酒。醉了忘年人，摄取芳菲灵秀。知否，知否？脉脉情深依旧！

2017年3月12日

## （九）忆秦娥·丁酉清明前怀先父

用李太白韵

轻轻咽，梦中忽见儿时月。儿时月，先容曾照，飞升长别。

年年相忆清明节，天人两界音书绝。音书绝，茫茫星汉，居何仙阙？

2017年3月22日

## （十）鹧鸪天·丁酉清明前观现代昆曲《春江花月夜》，赋词以记之

用晏几道韵

脉脉深情一见钟，幽冥耿耿忆颜红。还魂幸借蓬莱药，倾诉权凭杨柳风。

昨夜梦，此时逢，春江花月诵吟同。孤篇却把全唐压，千古风流惜叹中。

2017年3月23日

## （十一）一剪梅·迦陵学舍海棠雅集吟草

用蒋捷韵

岁岁春来如浪潮。雪落云霄，梅绽霜桥；寒塘日暖薄冰消，绿了杨梢，红了桃苞。

渐次春深兴更高，雏凤声娇，老骥情豪。海棠共赏忆妖娆，谁个深宵，红烛亲烧？

2017年4月

注　原稿时序表达不够清晰，经叶先生指正后修改如上，上半阕写早春，下半阕写仲春时的海棠雅集。

## （十二）采桑子·初夏

用冯延巳韵

桃源曾记春归处，红落余芳，翠盖增凉。人在天涯枉断肠。

滔滔逝水无情去，湖影难双，溪影思量。怅望青山送夕阳。

2017年5月20日

## （十三）风入松·春思

用吴文英韵

冰销曾记冷湖明，鸿雁信长铭。故乡渺渺关山外，好风送、脉脉深情。桃蕾飞红醉蝶，柳芽溢碧迷莺。

于今皓首倚长亭，新月见新晴。落英何处随流水，双眸内、有泪微凝。隐隐闲愁未断，离离春草还生。

2017年5月22日草于候机室

◎ “夺名词旧句以表新意，妙！”“妙极！学古大家能如此神似者，非天助其何？”（蔡厚示）

◎ “我亦曰妙！还曰多情！”“步古人韵词六阕，均佳！每阕都有佳句，欣赏之至！”“十阕俱佳！”（林峰，香港）

◎ “教授捷才敏思，诗情澎涛！韵致深浓，令人感动！奉一大赞！”（王改正）

◎ “第三首（第 3 首）我最喜欢，也切东坡海南情事，见旷达人生，玉明先生引髯翁为千古知己。”“看到玉明先生师从叶老（叶嘉莹先生）后的诗风蜕变，很是高兴。最近的中发文件的两句话：形神兼备，情景交融是中国的传统美学追求。虚实相生，诗者之意移情到形象上，合而为意象，整体为境。先生得之矣。”（孔汝煌）

◎ “三日曰刮目，多日未见，这如何刮法？如以北京到三亚为升华，再往前走，该升仙了！老友梁东。”

# 浣溪沙·咏故宫古柏

拜读郑欣淼先生发来的大作，情真意切，感慨系之，故依韵奉和如次。

回首曾经多少春，一寒一暑一年轮。悲欢阅尽世间人。

翘首恢宏来紫气，低眉荏苒近黄昏。细思万物俱堪珍。

2017年10月1日

**附　郑欣淼先生原玉**

## 浣溪沙

赵晓明同志自1998年底任余之司机至2017年9月30日退休，相处一十九年，感慨良多，特拟小词相赠。

回首才惊十九春，生涯甘苦伴车轮，相看俱是白头人。

一路风霜穿冀豫，几行宫柳守晨昏。个中有味自堪珍。

2017年9月30日

# 忆江南·梦（二首）

## （一）

秋夜梦，旧地忍重游？烟柳溪头烟已散，鹊桥堤畔鹊难留。残月落西楼。

## （二）

春晓梦，飘渺下瀛洲。云起丹霞山隐隐，舟来仙客水悠悠。一曲一回眸。

2018年1月7日

叶嘉莹先生点评：“私意以为分做两个单调更好。”根据叶先生指点，由一首双调词分为两首。

# 沁园春·南迦巴瓦峰与雅鲁藏布大峡谷

雪域高原，邃谷洪流，咆哮奔腾。看雅鲁藏布，险超万壑；南迦巴瓦，秀冠千峰。壮丽江山，深情赤子，长啸临风热泪盈。遍寰宇，问谁堪媲美，华夏奇雄？

频频仰望苍穹，见座座神山矗碧空。慕冰川绒布，玉清尘念；圣湖纳木，醇澈凡瞳。布达拉宫，云端参拜，雪顿巡行哲蚌中。礼佛际，念藏胞携我，兄弟情浓。

2005 年原作，2013 年修改

注　此词在修改过程中得到莫真宝先生的帮助。

叶先生点评：“此词雄浑极有气魄。”

◎　霍松林先生在为《王玉明诗选》所作的序言中说：“像《沁园春·南迦巴瓦峰与雅鲁藏布大峡谷》等，由于面对的是英雄业迹，江山胜景，因此也写得十分壮观，表现出作者豪放纵阔、大声鞺鞳之英雄本色的一面。”

# 水调歌头·南极纪行

万里鲲鹏举，西去跨三洲。纵观安第斯山，蓬塔看沙鸥。地角天青阳艳，风劲轻云漫卷，弯月似行舟。海峡再飞越，圆梦第七洲。

阴晴变，雪光幻，绮霞流。企鹅冲浪，海豹滩上自悠悠。更听雷鸣惊绝，如玉冰川崩裂，温室最堪忧。朝暮奇峰影，俏丽梦长留。

2011 年 12 月 24 日于南极长城站附近海域船上

叶先生点评：“情景真切”，标线佳句“情景清绝”。

# 沁园春·南美奇观

神秘人文，壮丽山川，气象万千。似雷轰电闪，巨冰崩裂；明湖浮动，翡翠丘山[①]。莽莽丛林，滔滔河水，百瀑争流千丈宽[②]。疑天使，自琼霄飘落，却是飞泉[③]。

舟穿亚马孙间，雨林里，犹遗印第安[④]。望耶稣山上，巍巍圣像，云端隐现，俯视尘寰[⑤]。宇内称奇，长城与共，险峻深山史迹残[⑥]。耽书卷，更何时遍览，世界奇观。

2013年2月13日于秘鲁马丘比丘

注 ① 指阿根廷境内的莫雷诺和乌普萨拉等世界著名冰川。其所在的罗斯－格拉希亚雷斯冰川国家公园系世界自然遗产。② 指位于巴西和阿根廷边界处的伊瓜苏瀑布，共有大小270多条，总宽度2.7千米，世界最大，系世界自然遗产，世界新七大自然奇观之一。③ 指位于委内瑞拉境内的安吉尔瀑布，亦称天使瀑布，其落差达979米，世界第一。其所在的卡奈马国家公园系世界自然遗产。④ 世界最大的河流亚马孙（逊）河雨林深处尚有处于原始状态的印第安人。亚马孙（逊）雨林系世界新七大自然奇观之一。⑤ 指里约热内卢基督山上的耶稣像，系世界文化遗产，与长城、马丘比丘等同时被评选为世界新七大奇迹。⑥ 指秘鲁的马丘比丘印加遗迹，系世界自然和文化双遗产。

叶先生点评：“气势雄浑，音调铿锵，自是一篇佳作。”

# 念奴娇·贝加尔湖

贝加尔湖即苏武牧羊之北海，其深度、淡水储量均为世界之最，清澈度世界第二，被评为世界七大自然奇观之一，并列入世界自然遗产名录，慕之已久。前年和去年暑假两度偕妻旅游摄影，收获颇丰。

幽深万仞，问寰球湖泊，谁能超越。草绿花红林似海，云淡天青湖澈。澄碧无垠，烟波浩渺，应有蛟龙穴。苍茫邃密，牵萦思古情结。

遥想苏武当年，牧羊北海，青史留英杰。八月胡天飞大雪，卷地西风狂烈。饮雪吞毡，饥寒孤绝，挥泪朝金阙。长歌啼血，断肠今古风月。

2015年2月2日补记于三亚

叶先生指点：“‘但’此字可再斟酌。”后将“但牵”改为“牵萦”。

# 扬州慢·圆明园春色

浩荡清风，雾霾扫却，天蓝水碧山青。看鹅扬曲颈，听莺燕争鸣。借细雨和昀生气，翠飞柳发，红溢桃英。遍人间、春色归来，尤恋京城。

名园非故，念当年、雨果深情。纵宫阙嵯峨，雕栏玉砌，一炬堪惊。断柱颓垣犹在，春花伴、有泪莹莹。待明朝圆梦神州，谁敢欺凌？

2015年3月21日（农历二月初二龙抬头之日）撰于圆明园

**附　谢克昌先生赠诗**

## 读王玉明院士词作《浣溪沙》《扬州慢》有感

今儒古风灵气动，凝炼浑成意无穷。
蕴藉婉委遵格律，变幻之中求大同。
道德修养人人赞，诗词书画一统成。
元气淋漓逸兴在，学界文人不老松。

# 水龙吟·贺中华诗词学会创建三十周年

步刘征老韵

义承文脉千秋，挥旌卅载催春曲。九州华苑，花娇莎嫩，恰逢好雨。雏凤歌吟，苍颜长啸，声声盈户。倡雄豪婉约，纵情高咏，真善美，休停足。

忍向百年回目？斩基因，西风掠土。独尊现代，诗坛曾霸，抛金弃玉。力挽骚魂，关雎离黍，屈陶李杜。待一炉熔炼，古今中外，作新天赋。

2017年3月9日于清华园

注　笔者将该词写成书法作品，在纪念中华诗词学会成立三十周年暨首届“沈鹏诗书画奖”大赛中作为特邀作品参展，获荣誉证书，该诗和书法收入《沈鹏诗书画奖－纪念中华诗词学会成立三十周年暨首届“沈鹏诗书画奖”大赛获奖作品集》第26~27页。

**附　刘征先生原玉**

## 水龙吟·贺中华诗词学会创建三十周年

风骚焕彩千秋，新天恰待翻新曲。春阳破冻，故园荒寂，沐风栉雨。瞬三十年，云兴潮涌，弦歌户户。会耦耕俦侣，白头笑对，浮大白，嫌未足。

待向来朝纵目。梦飞天，临睨乡土。百花解语，江河化酒，群山峙玉。狂喜灵均，欢歌鲍谢，千杯李杜。向珠峰高处，摩崖镌刻，吾华族，腾飞赋。

## 贺新郎·赏昆剧《桃花扇》系列演出有感

用张元幹韵

2017年10月13—14日，在新清华学堂相继观看全剧和选场演出，感慨不已，一吐为快，赋词以记。

泪洒天涯路。放悲声、情愁国恨，断肠离黍。兵败孤城皆殉难，壮烈波涛翻注。遍山野、荒坟狐兔。臣佞君昏倾砥柱，听秋风、时运凄凉诉。弃宫阙，知何去？

秦淮谁可同寒暑？叹佳人、赤心永驻，痴情恒度。血绘桃花千古扇，相寄迢迢共语。啼永夜，销魂杜宇。哀怨孤鸿迷晓雾，尽漂泊、空忆相尔汝。恨似海，愁如缕。

2017年10月16日草于差旅途中

◎ 高昌先生点评：“浅言深蕴，淡笔浓情，家愁国恨大胸襟。用笔考究准确，落字榫铆自合。”

◎ 莫真宝先生点评：“《桃花扇》以悲欢离合之情写家国之恨，先生观剧赋词，亦紧扣此旨，先言家国丘墟，次言痴心不改。痴于国，痴于人，二者打成一片，难以分辨。从中不难感受到作者自己的家国情怀和赤子之心。《贺新郎》词牌宜于抒写慷慨悲凉之音，作者工于择调，加上语言典雅，情感深沉，诚为佳作。”

◎ 孔汝煌先生点评:“上半阕写史可法,为扬州城陷,阁部殉国一恸;下半阕写侯、李,为离合之情,兴亡之感再叹。二而一,‘ 条而贯之者 ’,浩然之气也。不着评论,精神自见，真所谓言外有意，含蕴不尽也。 诗穷而后工，玉明兄反其道而行，达而后工。静夜灯前，苦心孤诣，真诗人也。诗人之心即童心，即赤子之心。是席勒、桑塔亚那艺术一游戏说的心理基础。故能置穷达于度外。”

# 曲七首

## 【越调】天净沙·荒山月夜

荒山冷月疏星，败林衰草残冰。险路凄风倦影。朦胧春梦，红桃绿柳黄莺。

草于 1975 年冬末　“四人帮”“批林批孔批周公”之际，
2016 年 12 月 31 日修改定稿

## 【越调】天净沙·崂山（二首选一）

### （一）

名山古观仙家，蓝天碧海银沙，翠谷青峰黛岬。秋光如画，金风玉露黄花。

1977 年秋

注　《天净沙》两首《荒山月夜》和《崂山》分别写于 1975 和 1977 年，前者正是“四害横行”之际，后者是粉碎“四人帮”之后一年。

◎　孙明君先生点评：“人云玉明先生是一位诗人院士，我观玉明先生乃是一位爱国诗人院士。两首小令虽然写作年份相近，但因政治氛围截然不同，其意境和修辞色调也截然不同。一切景语皆情语。足见玉明院士不忘国是、心系天下之情怀。”

## 【越调】天净沙·雪窦山（二首选一）

### （一）

红枫碧草花山，乳泉飞瀑苍烟。暮色钟声禅院。徐凫岩畔，仙人月夜盘桓。

注　徐凫岩为雪窦山著名景点之一，有落差约 150 米的瀑布，传说徐姓仙人在此乘凫飞升。

## 【越调】天净沙·海南夜色（二首）

### （一）

沙滩椰影花香，晴空弯月星光，渔火清风细浪。人间天上，银河织女牛郎。

2012 年 12 月 17 日

### （二）

长湾灯火微茫，海空月隐星藏，风啸云飞潮涨。波涛鼓荡，滩头独自徜徉。

2012 年 12 月 18 日

叶先生点评：“‘天净沙’两首，真率自然。有元人风致。都很好。”

# 【越调】天净沙·寻梦（二首选一）

## （二）

病余怀旧天涯，夜深独赏涛花，明灭瑁洲灯塔。曾经潇洒，浩歌海日云霞。

2014 年 1 月 30 日于三亚湾

叶先生点评：“真率自然。有元人风致。”

**附　齐炜炜女士次韵和曲**

古稀足迹天涯，为学更绽新花。面面皆为灯塔。唯君潇洒，银丝辉映红霞。

## 【越调】天净沙·蛾眉新月

潮琴浪鼓沙湾，蛾眉新月西天。雨霁云飞斗转。群星璀璨，神仙俯瞰人间。

2015 年 2 月 22 日（乙未年正月初四）

注　除了《荒山月夜》严格遵守该曲的格律之外，其他几首略有变通。

叶先生点评：“小语精妙。”

# 新体诗十首

## 秋　思

小园，
曲径，
香浮，
月动。
皎洁的光，
斑驳的影。

缓步，
遐思，
回忆，
憧憬。
已逝的春阴，
未残的春梦。

明灭，
群灯，
隐现，
众星。
尘思的遣绻，
禅意的凄清。

秋夜，
清风，
幽情，
幻境。
拳拳的心，
悠悠的梦。

# 礼　赞

旭日　我礼赞
你笑靥的明丽
你云裳的烂漫
你暖意的融融
你赤心的拳拳

秋湖　我礼赞
你纯真的透明
你温柔的蔚监
你睿智的深邃
你幽怨的漪涟

深山　我礼赞
你幽兰的芳馨
你流莺的婉啭

你佳木的葱葱
你清泉的涓涓

大海　我礼赞
你月夜的珠泪
你神秘的波澜
你生命的律动
你永恒的辽远

# 绿洲之梦

沙峰沙谷
连绵起伏
海洋般
无边无际的
大漠

日出日落
月圆月缺
车轮般
周而复始的
岁月

晨起夜卧
艰难跋涉
征帆般

追求彼岸的
行者

仙山琼阁
秋水素娥
海市般
罗曼蒂克的
失落

忽梦绿洲
清泉甘冽
饮吧
洗吧
洗却经年的
征尘
解脱累月的
焦渴

# 夜空

仰望夜空
醉眼朦胧。
寂寥吧，
孤月？
凄清吗，
疏星？
聊寄我
一丝暖意，
且慰你
茫茫宇宙，
踽踽独行。

# 乡 愁

耳边
回响着
陇头的
流水

思缕
散入了
苍茫的
暮色

乡愁
融入了
静谧的
秋原

心头

未曾泯

希望的

灯火

# 梦

为什么频频催动
我已经冬眠的诗兴
你乍暖还寒的梦

梦虽醒了
醒着犹梦
燃烧着
团团簇簇无叶的花
闪动着
摇曳多姿未逝的影

眼前一丛生机勃勃的
芳草
可望而又可即的
天涯梦

幻出

绿的慰藉

黄的惆怅

红的憧憬

# 感　悟

——听莫扎特/苏斯迈尔《安魂曲》之后的随想

那男女声优美的重唱与合唱，
那时雄时柔时急时缓的歌声，
我虽然听不懂一句歌词，
但却这样深深地被感动。
我如饥似渴如醉如痴
一遍又一遍地聆听。
我的心灵为之净化，
我的心弦与之共鸣。

仿佛听到
天帝的洪音，
天使的长吟，
沙漠的驼铃，
教堂的晚钟，

秋风的怒号，
海涛的汹涌。
感人肺腑的诗章，
柔情似水的歌声。

仿佛看到
百万大军的呐喊，
金戈铁马的奔腾，
排山倒海的风暴，
雨过天晴的彩虹。

仿佛感到
初恋者的甜与涩，
相思人的痴与钟，
书生的荣与辱，
英雄的死与生，

暴君的骄与酷，
百姓的奴与穷。

仿佛有人感叹
屈子行吟的悲愤，
太白咏月的幽情，
老杜悯人的愁苦，
小李无题的朦胧，
达芬奇全才的奇迹，
普希金浪漫的宿命。

仿佛重温
大漠苦行的焦渴，
小园秋思的清梦，
暮降关山月霞生天海阳的壮丽，
雪映天光澈冰辉月影圆的宁静，

人间净土喀纳斯的纯洁，
雅鲁藏布大峡谷的神圣。

仿佛滋润着无声的春雨，
仿佛沐浴着和煦的春风，
我的心田充满了欢乐和幸福，
洋溢着亲情友情和爱情。
天地间到处是真善美的精灵，
假恶丑都将消失得无影无踪。

音乐尚未入门，
宗教几乎不懂，
但我酷爱莫扎特的《安魂曲》
和贝多芬的《欢乐颂》。
这神圣的音乐使我陶醉

使我动情，

薄薄的清泪时时浸润

但却从未模糊我的双瞳。

仿佛黑夜天空亮晶晶的星

和路边光闪闪的灯，

给我光明给我希望

给我安慰给我憧憬……

# 葬　鸟

清晨，我和妻
向窗外张望，
无意间看见
一只山雀
死于地上。
雨，开始下，
风，有点儿凉。
心，微微地痛，
情，淡淡地伤。
是病死？
是他伤？
是生存的竞争？
是自然的死亡？

啊啊，看到了
你颈部的伤，
你的血已流光，
你的尸体已僵。

想必你也
有过快乐，
有过歌唱，
有过饥渴，
有过寒凉，
有过期盼，
有过梦想。
此刻不知
你的魂灵
飘向何方。

你的身体
不该这般暴露，
让我用怜惜的手
将你埋葬。
在我的窗前，
在法桐树旁。
愿你的灵魂安息，
愿你的灵魂飞翔，
飞向光明，
飞向天堂。
然后升华，
然后凝聚，
来世里
成为凤凰。

# 我爱你，父亲！

——先父辞世三周年祭

含辛茹苦育子成才无私奉献与日月同辉的先父，
我爱你！

幼年丧母之后协助父亲扶持弟妹的姐姐，
奋发图强事业有成的弟弟，
运气欠佳但仍自强不息的妹妹，
敦厚贤惠助我成功的妻子，
善良纯洁的女儿，
曾给先父热情关照的亲友，
曾给我巨大帮助和诚挚友谊的师友，
我爱你！

推动人类社会进步的科学家和发明家，
启迪人们心智和良知的哲人，

以其佳作使我共鸣的古今中外的诗人和乐人，

我爱你！

雄伟壮观神奇秀丽令我陶醉的大自然，

孕育从原始生命到智慧生物的地球，

以恰如其分的能量施惠于地球的太阳，

以如水的清辉沁人心脾撩人乡愁惹人相思的月亮，

以金黄银白暗红幽蓝的神秘闪光令人遐思的群星，

浩瀚瑰丽的银河系，

从“无”而生正在膨胀不知归宿的宇宙，

在我们这个宇宙之外不知是否还有的其他宇宙，

不明究竟的暗物质和暗能量，

不知究竟有无居于何处的造物主，

一切的有一切的无一切的一切，

我爱你！

爱你啊爱你，
恩重如山的先父
我爱你！

2002年11月24日（农历十月二十日）

注　在笔者约1500首诗作中，这是唯一的一首无韵诗。该诗发表在《天津日报》上，获“亲情、友情、爱情诗歌大赛”优秀作品奖。

# 北极光

大西洋的风
湿冷狂放
伴随着
汹涌澎湃
黑沙滩的浪
兀立的黑石礁
在惊涛中摇晃
倦飞的鸟
在暮色中盘旋
忽下忽上
冒险的青年
在滩头逐浪
当心呵
我的呼喊没有回响

入夜

星空格外晴朗

瑰丽变幻持久神秘的

北极光

终于圆了我

多年的梦想

曾见

整圆的彩虹

多环的日晕

还有多次照澈心宇的佛光

天公屡屡赐我机缘

今天终于摄取了高达八级的

北极光

北极光啊　北极光

虔诚的赞美诗

在心中回荡

永远地

敬畏自然

感恩上苍

2016年3月6日夜冰岛维克小镇7.9级极光（最高9级），

3月20日山桃盛开之日补记于清华园

# 对新体诗旧作的回顾

首先，在本人正当青春期的时代，“相思”二字是典型的“小资产阶级情调”，因此不得不以“乡愁”作为代名词。

其次，在形式上多采用闻一多提倡的“新格律诗”，有的采用所谓的“楼梯式”。这样，既有句法结构上的建筑对称之美，又有音律上的顿挫和谐之美。

最后，采用类似排比或对偶等手法，以便有修辞之美。

当然，在现代派看来这些都太落伍了。

然而，现代派的诗我也拜读过不少，大都不要韵脚，不仅不要“格律”，甚至连语法和逻辑都不要，不是读不懂就是分行的大白话，或者是故作高深，比哲学家还懂哲理。这些我实在不敢恭维。

大道朝天，各走一边吧。

叶嘉莹先生对新体诗的点评：

“你新诗也写得好，这只因你在本质上是一位真正的诗人。”

“你是一位不失赤子之心的真正的诗人。”

“绝妙好词。你的新诗和旧诗一样出色，锐感真情。是真正的诗人之诗。”

“尝试多种体式，每种各有特美，足见才华。”

“我觉得您是一个真正的诗人。您不但对于外界的情景很敏感，对于文字其实也非常敏感，不管是新诗还是旧诗，都很难得，都写的很好。这不是我的赞美，是因为您本身有诗人的气质，文字也掌握的很好。”

“我对于你论新诗的一段话很有同感，我觉得你说的很有道理。”

◎ 霍松林先生在为《王玉明诗选》所作的序言中对新诗的点评：“出于对情与美的执著追求，院士诗词创作的题材相当广泛，手法多种多样，风格也多姿多彩。既有像骚体诗《梅里月映银山奇观》、新诗《感悟——听莫扎特／苏斯迈尔的〈安魂曲〉之后的联想》和《我爱你，父亲》等那样气势磅礴的长篇，也有像《七夕新月》《车上偶成》《绿意》《水木清华》等那样精致清丽的小诗。”

◎ 郑伯农先生在为《荷塘新月》所作的序言中对新诗的点评：“集子的最后一部分是新诗。玉明酷爱旧体诗词，也不薄新诗。当格律体适于表达感情的时候，他就写诗词。当需要自由体来抒情言志的时候，他就写新诗。在他那里，旧体新体是互相补充的，各有各的用处。新诗如何写得更凝炼，更有形式美，让人好记好诵？这是许多作者都在探索的问题。不能说，集子中的新诗已经完成了这些探索，但其中确有些富有新意、富有吸引力的篇章。如《礼赞》，显然，作者不满于浮躁、急功近利的世风，他通过对自然景观的礼赞，含蓄而深沉地呼唤真善美。”

◎ 林峰先生（香港）对以上十首新诗的点评：“新诗流畅自然、风情豁达、意在言外、情在理中。”

# 副篇

## 第一辑　近作选

# 西江月·求索

——应湖南省科协主席何继善院士之约为省科技馆题诗

求索幽幽粒子，追寻浩浩星空。宏微宇宙探无穷，深入方知妙境。

艺术人文科技，美心善性真行。大同世界望人生，共享和谐至幸。

2011年5月8日

注 “真行”中，“真”乃符合真理、符合客观规律之意，“行”乃知行之行，行动之行。艺术使心美，人文使性善，科技使行真。

叶先生点评：“颂赞中有真理。”

# 鹧鸪天·海滨暮色

碧海青天白浪花，涛声阵阵向天涯。风摇双岛云缠树，虹度长滩水渍沙。

潮远退，日西斜，渔舟几点隐残霞。初明星宿幽幽闪，灯火湾前亮数家。

2011年6月3日

原句为“灯火湾前启数家”，叶先生指正“启字稍生”，故改为“亮”。

# 海之韵

翠羽双飞鸟，嘤鸣花树间。
云行迁海色，波涌焕容颜。
雨霁虹光丽，月明胸臆宽。
涛如交响曲，静夜荡长湾。

2011年6月4日

叶先生将“婉”改为“嘤”，将“辉”改为“明”，将“犹”改为“如”。

# 阳光沙滩

数层颜色数重波，浪鼓涛弦谁与和。
变换白云凭臆想，长滩静卧自哼歌。

2011年6月6日

叶先生指正：“‘意如歌’的‘意’字生。”已改为“自哼歌”。

## 蝶恋花·海南岛

一觉南窗新耳目，婉啭清圆，翠鸟鸣红树。碧草茵茵承雨露，微风吹动虹无数。

谁道春归无觅处，寻遍天涯，此地应长驻。月影涛声迷海雾，幽幽梦绕三山路。

2011年6月6日

叶先生点评：“真切自然”。

## 荷　韵

夏日圆明园内行，依依独倚雨荷亭。

红花碧叶连山远，旧梦悠悠万里情。

2011年7月

# 鹧鸪天·兴凯湖

似海苍茫天际横，长滩百里世人惊。夕阳西下云霞丽，明月东升湖水平。

思往事，痛心旌，山河别属泪莹莹。辛酸历史翻新页，且看神州国运兴。

2011 年 7 月 12 日

注 ① 兴凯湖的总面积为 4800 平方公里，原为中国内湖，1860 年国力虚弱的满清政府将其四分之三割让给沙俄。② 湖岗沙滩长 96 公里，世所罕见。

叶先生将“湖岗”改为“湖水”。

# 澳大利亚纪行

万里长飞奇景寻，他乡光影梦缤纷。
珊瑚绚丽惊礁岛，萤火幽微恋雨林。
十字星悬金海岸，五环虹幻碧天云。
自然文化多遗产，歌剧院名寰宇存。

2011 年 8 月 3—11 日

注 凯恩斯大堡礁和热带雨林均为世界自然遗产，黄金海岸被誉为冲浪者的天堂；南十字星为南半球所独见。悉尼歌剧院为世界文化遗产。

叶先生将“慕”改为“恋”。

# 天水行

象天法地卦图生，始祖羲皇拜谒诚。
佛窟崔巍朝雨细，仙崖幽隐晚风轻。
渭河滚滚原前泻，秦岭苍苍云上横。
文化兼容儒释道，麦积山望愈峥嵘。

2011年8月19日

注　诗中所涉及的名胜古迹和自然风景包括卦台山、伏羲庙、麦积山、仙人崖、玉泉观和石门等。

叶先生将“妙”改为“细”。

# “九一一”十年祭

火灭烟飞双子销，十年一觉“九一一”。
伊阿两战知谁胜，巨霸单边未可骄。

2011年9月11日

叶先生点评：“简短有力，感慨在不言中”。

## 圆明园中秋暮色

断柱披金日色曛，晚荷犹自衬残云。

秋思惆怅烟波里，三两飞鸿天外吟。

2011 年 9 月 25 日

叶先生指正：“‘夜幕吟’生，拟改为‘天外吟’如何？”已按先生指教修改。

## 【越调】天净沙·额济纳旗胡杨林

晨曦落月朝阳，黑河红柳胡杨，雁阵晴空沙岗。秋风塞上，销魂金叶飞扬。

2011 年 10 月 12 日（农历九月十六）

## 渔家傲·东风航天城

诗画最宜风景异，胡杨烂熳金秋意。归雁黄芦湖畔起。斜晖里，红霞紫气来戈壁。

矢志从戎家万里，扬威星箭云霄际。忧乐兴亡天下系。英杰继，复兴之梦何宏丽。

2011年10月14日于车上

## 嘉峪关

深秋不惧五更寒，皓月明星戈壁滩。
嘉峪关楼红日下，祁连山雪古城前。
胡杨炫耀黑河谷，鸿雁翱翔碧海天。
丝路迢迢花雨洒，千年古迹望如烟。

2011年10月15日于车上

## 霜降之夜

草木知霜降，悄然红赭黄。

荷残余水面，雾散见星光。

松竹丘边立，鱼蛙池底藏。

寒萤无觅处，秋夜独彷徨。

2011年10月24日

叶先生点评：“简练、有韵致”。

## 清华“情人坡”夜行

静夜悠悠小径行，仰天皓月伴明星。

飘然一叶怀中落，夹入书间记此情。

2011年11月8日（农历十月十三）

注　此夜当是木星伴月。

叶先生将“夹在书间念汝情”改为“夹入书间记此情”。

# 应邀聆听迦陵先生讲座《我的诗词家国》有感（六首选四）

## （一）

学子“粉丝”拥一堂，大师妙讲赞声扬。

传承诗国基因事，功在千秋文运昌。

## （二）

凤凰碧树发猩红，苦雨凄风催转蓬。

莫道芳心无觅处，佳诗涌自梦魂中。

## （三）

半生风雨始虹来，剧变谁知丧女哀。

旧恨新愁何所寄，唯将泪雨洒尘埃。

## （四）

国际蜚声汉学家，诗词质美似莲华。

情思涌处珠玑落，贝叶嘉莹万古霞。

2011 年 11 月 9 日于清华大学经管学院报告厅

将这组诗发给叶先生后，先生在回信中说道：“蒙您赠诗，愧不敢当。但您的诗写得极好，多谢。”

# 陪叶嘉莹先生赴杨振宁先生之宴请于清华丙所

物理中文双子星，大师晤语细聆听。

人生运命随家国，幸甚今宵聚帝京。

2011年11月10日（农历十月十五月圆之夜）

叶先生将原稿中的“悟”字改为“晤”。

# 鹊桥仙·泰姬陵

凌霄琼顶，通灵玉阙，宝石玲珑无数。神奇瑰丽似蟾宫，寄情爱人间长驻。

芳容一睹，钟情永世，望断黄泉归路。皇囚血泪洒七年，待天上朝朝暮暮。

2011年11月27日于车上

注　印度莫兀尔王朝（穆斯林）第五代皇帝撒嘉汉（1628—1658年在位）的爱妃孟达玛哈在为其生第十四个孩子时不幸病故，皇帝为其建筑了被称为世界七大奇迹之一的泰姬陵。他被其小儿子第六代皇帝欧朗则囚禁于皇宫，每天望着泰姬陵泪流不止，直到七年后死去。

叶先生点评：“情景真切。”

# 冬兴（八首选四）

## （二）独享清廖

烟霾锁故京，今日喜新晴。
月下林间径，池边丘上亭。
南松环绕黯，北斗仰观明。
伏枥耕耘久，方知此境清。

叶先生指正：“‘惯锁京’此三字生。”故改为“锁故京”。

## （五）荷塘冬景

荒岛初冬夜，荷塘人迹清。
桥头怜败草，丘上望疏星。
叶落高杨寂，冰凝孤月明。
花残精寓藕，无语性心宁。

2011年12月12日

## （七）闻亭古钟

月夜上闻亭，幽思袅袅萦。
山光神毓秀，云影性钟灵。
学者诗人志，生前身后名。
像前长稽首，拍案听余声。

2011 年 12 月 13 日

叶先生点评：“气骨颇佳。”

## （八）朱师背影

问君常夜行，何处最关情？
荒岛临漪榭，荷塘月色亭。
先生留背影，后辈慕英名。
水木清华畔，长留朱自清。

2011 年 12 月 14 日

注　荷塘有临漪榭和荷塘月色亭，水木清华有朱自清先生雕像。

# 南极礼赞（八首选三）

## （二）惊艳

凌晨惊艳秀妍峰，出浴仙姝笑靥红。

云影霞光明镜里，雪肌冰骨玉芙蓉。

2011 年 12 月 25 日圣诞之晨于船上

## （三）夕照

且由缘分任晴阴，久立船头盼女神。

不负相思天作美，奇峰露处火烧云。

2011 年 12 月 25 日圣诞之晨于船上

叶先生点评：“神致超逸”。

## （九）梦幻

似感心诚浓雾散，阳光斜射卿云烂。

冰川雪岭半遮容，一刹灵台为震撼。

2011.12.25 圣诞之晨于船上

叶先生点评：“景真情挚”。

# 灵　灯

东北老家的妹妹自父亲1999年11月27日去世以来，年年元宵节和中秋节都给父母墓地送灵灯，孝心可见，有感而作。

长庚西坠月东升，元夕乾坤朗朗晴。
爆竹京城飞烈火，烟花关外落寒星。
同胞心底思恩泽，父母灵前献祭灯。
耿耿孝心肠内热，双亲天上可知情？

2012年2月6日

叶先生点评：“情真语挚”。

# 浪淘沙·峨眉春雪

二月早春寒，油菜花妍。峨眉七上总新鲜。玉树琼花银世界，别样人间。

金顶峻摩天，冠绝千山。普贤金像耀云端。佛子十方行大愿，四海平安。

2012年2月23日

叶先生点评：“景真情挚”。根据叶先生指正，将原作的“亦新鲜”改为“总新鲜”、“月也人间”改为“别样人间”。

# 十六字令·咏腊梅（四首）

## （一）

思，南海归来探访迟。余香在，花萎意犹知。

## （二）

仙，冷艳幽香冰雪间。年年访，曾记最争先？

## （三）

神，玉骨冰肌霜雪魂。香盈袖，独立月黄昏。

## （四）

诚，花落花开总有情。春寒峭，晓梦可曾醒？

注　2012 年 3 月 1 日月夜口占于清华园“北院旧址”，此园植有腊梅林，3 月 9 日经叶先生指点修改定稿。

叶先生点评：“前三首好”。

# 早春月夜（六首选二）

## （三）太白金星

夜作长庚晨启明，光芒璀璨耀天庭。
谪仙灵气无来者，千古人间仰巨星。

叶先生点评：“高远自然”。

## （四）三星

猎户金腰三点星，童年清梦最关情。
先人归去青天上，碧海今宵何处行？

2012年3月7日（农历二月十五）

注　幼时先父常教我以三点一线之三星判断夜间时辰，印象极为深刻。据知三星乃猎户座之金腰带。

叶先生点评：“景美情挚”。

# 菩萨蛮·圆明园早春

风摇袅袅鹅黄柳，残冰湖畔凝眸久。举目望西山，白云青霭间。

鸳鸯波上戏，喜鹊枝头立。春水绿如蓝，江南思画船。

2012年3月10日

叶先生点评：“情景自然，佳作也。”

# 早春幽思

远岚青黛碧云飘，水泛涟漪冰未消。
柳色淡黄春意早，月光皎洁夜思遥。
江南新蕾应红紫，塞北寒丘漫寂寥。
晓梦当年花烂漫，诗心初动为山桃。

2012年3月11日

## 菩萨蛮·春雪

青松枝挂如绵雪，湖边对语双飞鹊。慈爱黑天鹅，携雏曲颈歌。

杨柳丝丝荡，山桃苞待放。水榭忆琴箫，高山一曲遥。

2012 年 3 月 18 日

叶先生点评：“自然真切。较骆宾王之原诗有出蓝之妙。”

## 暮　色

夕阳山外似红颜，新月纤纤眉黛怜。
杨柳温柔金发秀，长庚璀璨玉珰妍。
春风拂面人知暖，湖水消冰鸭不寒。
天地苍茫临夜幕，悠悠万籁俱恬然。

2012 年 3 月 25 日于圆明园

叶先生对 2012 年初作品（从《渴望》至该首）总的点评：“拜读大作，清新真切，俱属佳篇。”

# 夏　夜

池畔林间野草中，今宵又觅两三萤。
莲香飘处闻流水，云影移时觅隐星。
白发新添无怨恨，童心未泯有闲情。
寻奇异域归来后，再卧荷塘月色亭。

2012年7月18日

叶先生将“年”字改为“宵”。

**附　王改正先生和诗**

想到荷塘月色亭，随君把手诉诗情。
清华染遍湖边柳，翰墨洇成鬓上星。
万朵莲花含细露，一丛芳草卧流萤。
高吟韵绕浮云外，逸志神游玉宇中。

## 鹧鸪天·赤道（肯尼亚）

莽莽高原气爽凉，无边草树看青黄。霞辉峰顶千秋雪，雨沐河边百兽王。

天昊昊，野茫茫，犀牛猎豹象羚羊。双足一步兼南北，赤道回眸望故乡。

2012年7月22日

叶先生点评：“难得之情景。”

## 蝶恋花·火烈鸟

裂谷宽长丰水草，最爱湖边，十万珍奇鸟。起舞翻飞天上啸，白云一片红霞耀。

雪羽饰丹如鹤俏，绮丽轻盈，点染人间妙。野趣非洲无限好，梦中回首仍微笑。

2012年7月27日于内罗必机场候机室

叶先生指正：“‘似雪如丹犹鹤俏’中‘犹’字生。”故整句改为“雪羽饰丹如鹤俏”。

# 故园颂

——应中国工程院院士书画社之约为西安碑林笔会而作

无边春雨沐，古树绽新花。
太白千秋雪，秦川万丈霞。
中华兴有道，寰宇乐无涯。
黄帝神舟乘，欣然访故家。

2012年8月15日

注　此诗经高昌、王改正、莫真宝等诗友帮助推敲修改定稿。

# 钓鱼岛忧思

荒岛周围树，高杨十九棵。
古风疑诵咏，秋叶正婆娑。
雅兴今宵少，忧思百载多。
明朝济沧海，巨舰镇狂倭。

2012年9月18日

# 喀纳斯秋歌（十首选七）

——2012年中秋国庆长假期间诌于摄影之余

## （二）喀纳斯秋水

清纯河水绿如蓝，掩映金黄白桦间。

秋色斑斓迷客处，孤云飘渺过青天。

2012年9月30日

叶先生点评：“真切自然”。

## （三）喀纳斯秋山

落叶松林杂冷杉，亭亭白桦最堪怜。

金秋五彩山争艳，碧水青天云锦间。

2012年9月30日

叶先生点评：“真切自然”。

## （四）喀纳斯秋月

中秋满月上东山，一片清光天地间。

牛女迢迢河两岸，稀疏星斗正阑干。

2012年9月30日

叶先生点评：“真切自然”。

## （五）喀纳斯秋雨

欣逢晴朗千般丽，巧遇阴柔别样妍。
月亮湾前精魄摄，烟云如带绕秋山。

2012年10月2日

叶先生点评：“真切自然”。

## （六）喀纳斯三湾

青龙游罢卧恬然，迷倒骚人月亮湾。
一代天骄足印在，溪云起处隐神仙。

2012年10月2日

注　三湾系指喀纳斯河上之月亮湾、卧龙湾和神仙湾。

## （七）喀纳斯秋色

喀纳斯秋色，情迷绮梦恬。
红橙黄绿赭，杨桦草松杉。
晓月山巅雪，夕阳湖面船。
清心凭秀水，返朴慕天然。

2012年10月3日

## （十）蝶恋花·告别喀纳斯

湖畔山巅新落雪，昨日黄昏，尽染红如血。水碧山金佳景绝，情如美酒尤浓烈。

月亮湾头逢晓月，如带朝云，河面飘飘越。奇幻多姿山水摄，今朝挥手依依别。

2012年10月4日清晨

**附　李葆国先生赠诗（十三首选一首）**

## 为王玉明院士台历《喀纳斯秋色》题照

秋山攒墨出青云，遍染斜阳烂漫身。化作金花分作梦，最高峰处是清贫。

2012年10月14日

## 蝶恋花·雨后观鱼台晚眺

万木霜天金灿灿，雪覆山巅，夕照怜红艳。水碧天蓝云影淡，归舟湖面留锥线。

雨雾阴晴时变幻，昼夜晨昏，景物皆留恋。明月清风心骛远，庭前独自观银汉。

2012年10月3日

叶先生点评：“旧调写新景，极妙。”

## 鹧鸪天·大英博物馆

世界文明佐证存，珍稀宝物聚伦敦。中华佛像埃及墓，希腊英雄印度神。

强食弱，古从今，兴衰成败幻风云。全球称霸当年事，落日沉沉暮霭昏。

2012年10月10—18日

叶先生点评：“颇具史感”。

## 牛津大学

誉满英伦智者魂，斜阳草树气氤氲。

剑桥姊妹牛津问，首相培成多少人？

2012年10月10—18日

注　末句经叶先生指正修改如是。

## 鹧鸪天·剑桥大学

霜叶如丹草似茵，大师才俊涌纷纷。集成数理尊牛顿，纵览时空慕霍金。

思宇宙，悟人文，美心善性理求真。古今中外同炉炼，勃勃生机万木春。

2012年10月10—18日

叶先生点评：“有气魄”。

## 鹧鸪天·英伦秋访

原野牛羊映暮云，斑斓秋色遍英伦。教堂高矗长虹丽，枫树独红芳草茵。

追科技，思人文，莎翁牛顿伟名存。东西彼此应尊重，何事宫园一炬焚？

2012年10月10—18日

## 爱丁堡

城中山上望红尘，古堡孤高接白云。
五百年来争战地，可因此地最宜人？

2012年10月10—18日

# 蠡湖感怀口占（六首选三）

## （一）范蠡

辅佐功成不作臣，画船载酒伴佳人。
清风明月烟波里，胜似天宫仙与神。

## （二）彭德怀故居

曾记将军软禁身，栅门锁锈伴蛛痕。
横刀立马空相忆，风月枉然晨复昏。

## （三）甘霖

远近湖山四面来，古今风月一襟开。
甘霖昨夜从天降，洗却人间尘与霾。

叶先生点评：“此诗好，内容气象俱佳。”

# 荷塘雨后

草树萧疏月上弦，秋塘雨霁看荷残。

叶间清露盈盈坠，料是姮娥泪暗弹。

2012年10月22日

叶先生点评标波浪线佳句：“想像极妙”。

# 忆江南·重阳夜

重阳夜，荷尽显塘清。水榭山亭人始静，松风竹影月初升。寄意藉寒星。

2012年10月23日（农历九月初九）

叶先生点评：“有意境。”

## 闽江忧思

石鼓敲秋雨，涌泉禅寺寒。
摩崖留旧迹，马尾忆先贤。
船政昨曾记，海疆今未安。
临风三叩首，泪洒众陵前。

2012 年 11 月 21 日

叶先生点评：“《闽江》一诗，有结合古今之历史感。”

## 癸巳年元宵节感怀

异域寻奇梦，家乡未了情。
夕阳山外落，明月海中升。
悦耳滔滔浪，舒胸浩浩风。
更深鞭炮寂，寄意向疏星。

2013 年 2 月 24 日于海南

叶先生点评：“元宵诗情感真挚，余韵悠然。”

# 西江月·海南之春

润物无声春雨，拂襟有意晨风。林间宛转鸟争鸣，唤醒昨宵清梦。

雨霁云流浪涌，霞飞草碧花明。黄钟大吕是涛声。胜过蓬莱仙境。

2013年2月26日

叶先生点评："《西江月》自然生动。唯是'浑'字有平仄二读。'雄浑'之'浑'应读仄声，与格律不合。可再斟酌。"根据先生指正，已将"雄浑交响"改为"黄钟大吕"。

**附　王改正先生和词**

教授神形仙影，天涯海角春风。寰球放眼写豪情。畅叙家国美梦。

改正追随大雅，疏才仰慕文宗。胸中明月共潮升。一曲梅花三弄。

## 清明怀旧（四首选二）

### （一）

微寒夜雨洒清明，惆怅山桃正落英。
九拜虔诚朝故里，双亲天上感恩情。

### （二）

伞上归来见落英，山桃试问几多情。
轻轻藏在诗书里，长忆当年水木行。

2013 年 4 月 4 日清明节

**附　沈华维先生和诗（四首选一）**

人生最好踏歌行，傲骨刚肠旷放情。
春雨扶疏原上草，孤怀远梦赏山英。

## 卫星与萤火

雾散霾消雨后晴，夜空仰望碧云轻。

卫星两度凌牛斗，萤火幽微启性灵。

2013 年 7 月 2 日于清华园北院旧址

## 蝶恋花·稻城三神山

仰拜神山何处去？华夏西南，三大菩萨聚。云海茫茫时落雨，气寒缺氧无须惧。

念我虔诚心愿许，偶现真容，惊喜谁能喻？天外雪峰明似玉，森林草甸红黄绿。

2013 年 10 月 7 日凌晨四点草于香格里拉镇至稻城亚丁机场返程汽车之上

注 “稻城三神山”被《国家地理》杂志评为中国最美的十大名山之一。这三座神山是：北峰仙乃日（观音菩萨）、南峰央迈勇（文殊菩萨）和东峰夏诺多吉（金刚手菩萨）。

## 浪淘沙·云南采风

红土覆高原，鳞次梯田。赤橙黄绿色斑斓。一片彩霞沟壑落，锦绣家园。

跋涉土林间，处处奇观。异雕怪塑俱天然。午夜凌晨星日伴，共赏山川。

2013年11月13日

叶先生点评：“朴质真切。”

## 浣溪沙·诗绪

尘事匆匆诗绪清，初冬独自故园行。残荷枯梗半笼冰。

曾忆桃红春梦杳，湖波滟滟柳青青。当年双袖泪痕盈。

2013年12月7日

**附　原作**

（一稿）

尘事匆匆诗绪清，初冬独自故园行。枯荷萧索半笼冰。

曾记桃红春日里，湖波滟滟柳青青。缘何珠泪润双睛？

（三稿）

尘事匆匆诗绪清，偷闲独自故园行。枯荷萧索半湖冰。

曾记红桃春梦杳，应怜华发暮云暝。悠悠箫鼓日西倾。

在三稿当中叶先生选中第二稿，因其“更加自然。”

# 病中吟

人生心莫比天高，地狱天堂一步遥。

槐国生涯尘世梦，桃源世界奈何桥。

闲愁旧恨几时了，流水西风尽日飘。

色即是空空即色，闲看潮涨又潮消。

2014 年 6 月 7 日晨

叶先生点评：“颇有禅理。”

## 感　怀

十年磨利剑，三昧望成功。
苦雨微灯黯，寒冰烈火熊。
晨光山野绿，夕照海天红。
野鹤期高远，闲云绕古松。

2014年6月19日

叶先生点评：“二诗（《病中吟》及《感怀》）俱佳。有自我真情实感，非泛泛写景之作可比。”

## 鹧鸪天·为答谢知音诗友而作

七大洲间着意寻，美心善性理求真。曾经沧海岂无水，除却巫山尚有云。

天浩渺，地氤氲，斜阳草树隐黄昏。荷塘月下怜萤火，三亚滩头觅屐痕。

2015年1月31日

叶先生点评标线诗句：“立意好”。

## 【越调】天净沙·逸兴

长湾夜色涛声，浮云皓月疏星，天际渔灯岛影。蓬莱仙境，清歌逸兴闲情。

2015年2月2日（农历腊月十四）晚于三亚湾

## 【越调】天净沙·乡愁

海潮月色星光，瑶台玉露银霜。彻骨销魂清响。嫦娥低唱，声声都是思乡。

2015年2月4日（农历腊月十五）于三亚

## 蝶恋花·元日抒怀

海日生辉迎乙未，浪静风轻，且共潮升退。极目南天心似醉，怡人自有云霞蔚。

岁月悠悠如逝水，水远山高，跋涉应无悔。东去大江凭酒酹，诗情未老求三昧。

2015 年 2 月 19 日（乙未年元旦）于三亚湾

叶先生点评：“‘何以醉’三字生”。已改为“心似醉”。

## 鹧鸪天·海滨感怀

淅沥窗前雨打蕉，平生意气岂能消。《月光》曲婉心神静，《欢乐》歌豪志趣高。

晨赏日，暮听涛，白云且驾海天飘。仰观猎户西空去，星宿幽幽思绪遥。

2015 年 2 月 23 日

# 鹧鸪天·赏乐

听罢钢琴听古琴，东西南北有知音。《二泉》月色江南忆，《四季》风光海外寻。

歌《水调》，《醉花阴》，《夕阳箫鼓》《夜深沉》。胡笳千载《十八拍》，北海长吟动古今。

2015年2月23日（乙未年正月初五）

注 ①《四季》，指意大利作曲家维瓦尔第的名曲。② 北海，指贝加尔湖，苏武牧羊之地。“北海长吟”，指歌曲《苏武牧羊》。

# 卜算子·海南雨霁

春雨细无声，雨霁云舒卷。昨夜蛾眉伴众星，今日朝晖烂。

碧草衬红花，百鸟椰林啭。壮阔波澜天际起，点点渔舟见。

2015年2月23日（乙未年正月初五）晨

叶先生点评：“丽鸟”二字生。已改为“百鸟”。

# 如梦令·乡愁

沧海鲛珠泪洒，碧落蛾眉月下。玉阙又飞霜，夜夜故乡牵挂。牵挂，牵挂，灵药休夸无价。

2015年2月23日（乙未年正月初五）于三亚湾

叶先生针对原稿第四句点评道：“此句生”。按先生指点改为第二稿后，先生点评道：“‘正’可改‘又’，‘夸’比‘言’好。”

# 如梦令·答谢杨叔子先生

千里奔驰骏马，踏遍山川四野。暂歇再凝眸，忧乐心怀天下。天下，天下，好梦煌煌如画。

2015年2月24日（乙未年正月初六）

**附　杨叔子院士赠诗**

## 鹊桥仙·答谢王玉明院士连续赠游览新作

诗人院士，生花妙笔，沉醉自然无累。流连美景几忘身，真堪是、爱心长寄。

高歌浩渺，纵情山水，大好文章奇美。庄周李耳是先行，非偶合，古今同喜。

2015年2月25日（乙未年正月初七）

## 浣溪沙·海南春夜

潮退沙平天地宽，涛声款款韵缠绵。瑁洲双影海湾前。

云淡风微花半隐，灯明星闪月高悬。春宵醉倒几神仙？

2015年2月25日（乙未年正月初七）于三亚

注 三亚湾前有西瑁洲和东瑁洲二岛，前者山顶有信号灯塔；海南有七仙岭，还曾有“坡仙”的东坡书院。

## 鹊踏枝·恭贺迦陵师九十华诞

兰蕙芳菲滋九畹。清丽诗词，四海吟声远。融汇中西通慧眼，大师赞誉寰球满。

九十回眸行迹看，历尽艰辛，今昔沧桑叹。赤子归来弘大愿，复兴之梦云霞烂。

# 海南休假感怀

病痛焉能奈我何，吟诗习字逐清波。

海边信步观潮涨，更带耳机听好歌。

2015 年 2 月 27 日凌晨返京之前于枕边口占

根据叶先生指教，将“犹”字改为“更”。

**附　屠善东先生和诗**

漫步行吟有几何？及时雅赏海南波。

些须微恙全无觉，坦荡诗心好放歌。

# 辞别南海

挥手依依大海前，涛声款款意绵绵。
纤云弄巧天高远，星宿争辉月上弦。

2015年2月26日（乙未年正月初八）于三亚湾

叶先生点评：“情景兼至。”

**附　王改正先生和诗**

南海波涛到眼前，君诗味厚意缠绵。
清华芳草春归后，月奏荷塘锦瑟弦。

# 浣溪沙·过北院情人坡

一树红苞几朵开，坡前灯下看桃腮。向阳花木报春回。

七八明星云外瞰，两三情侣雾中来。人间绮梦共萦怀。

2015年3月15日

叶先生点评：“生动真切”。

**附　张成昱先生赠诗**

浣溪沙·清华一景次韵一民老师佳作

才向青山借景开，拈花取影愧檀腮。思春应报午时回。

二八胭脂谁惜别，三千骥骛尔重来。清芬一念壮斯怀。

# 答谢丘成桐大师

今晨应成桐师之邀于清华甲所共进早餐，席间谈及诗词拙作，大师评说道：“你的心很静，没有功利之心。”听到这样知音甚至知己的评论，感动不已。前不久大师在电子邮件中说：“拜读大作，如入蓬莱，清新俊逸。确实当得起三清之誉。”回到办公室后马上吟成这首小诗并写成书法作品，于当日下午举行的“丘成桐数学科学中心”揭牌仪式上赠予大师。

感念大师知我言，心无功利似桃源。

清新俊逸蓬莱人，诗境不闻车马喧。

2015 年 3 月 19 日

# “丘成桐数学科学中心”揭牌仪式上奉赠成桐大师

数理通天宇，词章气若虹。

人文科技汇，史册载丰功。

2015 年 3 月 19 日

叶先生点评：“称诵恰到好处。”

◎ 丘成桐先生来信说：“谢谢你寄来的词，尤其是在三亚那几首，风骨奇高，清新可爱！”

## 鹊桥仙·题自摄《金星伴月图》

金乌已坠，余晖方敛，静对西方夜幕。纤纤新月似蛾眉，能不引、诗仙追慕？

蟾宫遥望，青天碧海，夜夜相思清苦。石矶一跃驾长鲸，曾记否、桂荫倾诉？

2015 年 3 月 22 日（农历二月初三）

## 鹧鸪天·野柳与日月潭

巧塑精雕处处奇，谁人杰作海山依。烛台疑似天庭落，头像浑如艳后遗。

林郁郁，草萋萋，潭涵日月纳清溪。九族歌起山花舞，暮霭朝暾染我衣。

2015 年 4 月 1 日于台湾

## 乙未二月既望月全蚀摄影有思

烟云笼罩见迟迟，天狗虚传岂不知。
倘若人间无月色，古今失却几多诗。

2015年4月4日

## 乙未清明黄昏游圆明园赏花摄影有获

夕阳衍紫下西山，二月兰开暮色间。
松柳桃梅濡染处，涟漪轻泛碧螺湾。

2015年4月5日

叶先生点评：“清新可喜”。

# 乙未清明看窗前飞花有感

楼前气暖花开早，似锦红梅已落英。

几片入窗旋即去，飞花道是有无情？

2015年4月5日

# 故园暮色

（即兴口占诗配影）

满月故园升，金星合木星。

风微香暗度，菡萏醉娉婷。

2015年7月2日于圆明园

# 清平乐·张北草原

## （一）

白云飘渺，坝上青青草。遗址中都鸦雀噪，怀古幽思萦绕。

当年马壮兵强，驰骋欧亚开疆。霸业而今安在，唯余草树斜阳。

2015年8月2日

## （二）

暑期何往，坝上风清爽。芳草连天原莽莽，溪水弯弯流淌。

金莲楚楚堪怜，悠悠野趣天然。此际世尘抛却，轻松便是参禅。

2015年8月4日晨追记

## 浣溪沙·夏威夷黄昏

国庆长假偕老伴游夏威夷，得摄影数幅，小令一首。

欲墜金乌万缕光，堤边情侣影徜徉，海天画卷展西方。

头上繁星辉闪闪，眼前层浪涌茫茫，轻松晚泳太平洋。

2015年10月

## 清平乐·漫兴

仙居何处，寂寞寻无路。隐隐桃英飞翠谷，流水晨昏如诉。

衾轻霜冷风寒，遥看万里江山。碧海青天银阙，谁怜夜夜婵娟。

2016年9月5日

叶先生点评：“情深意远，两首俱佳。”（另一首系指新诗旧作《梦》，见主篇）

# 次韵答谢郑伯农先生赠诗

且待春花次第开，烦忧尘秽俱深埋。
“三清”诗韵君先觉，流水高山故旧来。

2016年12月30日

注　“三清”系指“清新，清秀，清幽”，或者“清新俊逸”，是伯农先生在《王玉明诗选》首发式上对作者诗词主体风格的评论。

**附　郑伯农先生原玉**

## 接年历大喜寄玉明院士

幻景奇观扑面开，绵绵诗韵卷中埋。
金鸡未唱春先到，为有故人投影来。

伯农　丙申岁

叶先生来信说：“我对郑先生赠你的诗有同感。”

# 和香港林峰先生立春诗

遥望南天碧海头，辉煌紫气腑中收。
滔滔众水皆东去，渺渺层云逆向流。
雅士高吟九霄月，佳人偕泛五湖舟。
烦忧尘事皆抛却，卧赏鸟鸣山更幽。

2017年2月4日全家休假于三亚

注　颈联借用香港诗词学会老会长林峰先生佳句“踏浪谁攀九天月，耕云我泛五湖舟”。

◎　蔡厚示先生点评：“原唱和诗俱佳。”

**附　香港诗词学会前会长林峰先生原玉**

## 立　春

梨雨清时雪已收，莺声入柳水声流。
蛙鸣断续寒池浅，日出高低碧树幽。
踏海谁攀九天月，耕云我驾五湖舟。
春来岂让西风恶，鼓浪何曾叹白头。

（立春是日，林峰祝诗家诸君，事业如春天一样蓬勃。）

# 哭霍师松林先生

——步韵和孙明君卿

阴霾紧锁日难晴，震震冬雷秦岭惊。
黉宇煌煌讶折柱，明堂默默泣哀兵。
大师仙逝追诗圣，太白归天驾巨鲸。
关爱提携曾撰序，感恩含泪拜三更。

2017年2月4日于三亚

注　霍松林先生曾为晚辈第一本诗集《王玉明诗选》撰写序言。

**附　孙明君先生原玉**

## 哭霍师松林先生

冬雷震震日无晴，星陨终南大地惊。
陇上仰望黉宇客，堂前侧立霍家兵。
长安数载秦川树，弟子三千四海鲸。
自此关西无孔父，悲云低压泣三更。

## 浣溪沙·圆明园早春暮色

柳色鹅黄湖水澄，余晖脉脉远山暝。金乌幽梦几时醒？

曲奏月光随步听，波摇星影伴人行。仙家莫不也多情？

2017 年 2 月 26 日

## 浣溪沙·清华园早春二月

未尽腊梅开晚晴，冷香浮动水纹平。芳心不弃念多情。

新月画眉纤细细，金星眨眼亮晶晶。诗仙可步桂荫亭？

2017 年 2 月 28 日（农历二月初三）

**附　《中华辞赋》副总编辑、中华诗词学会前秘书长王改正先生赠诗**

新词一曲浣溪沙，文有春情韵带花。
一诵风摇阳气动，诗家教授是仙家。

# 采桑子·春宵小聚

忘年旧友荷塘聚，语短情长，茶盏余香。世事匆匆各自忙。

依依归去人无寐，闲倚西窗，筛下蟾光。淡淡离愁满地霜。

2017年3月5日

**附　箫云子（徐建明）和《采桑子·夜会王玉明老师》**

围炉旧日诗怀叙，细数情长，漫品茶香，抛却红尘万事忙。
寒塘明月今犹在，烛剪西窗，梦断流光，别后苍茫两地霜。

# 圆明园黄昏

红日西山落，蛾眉连月魄。
金星烁似灯，夜幕笼归客。

## 故园新碑

清明时节故园游，处处新碑纪旧楼。
柳色青青花色艳，废墟歌舞百年休。

## 望海潮·贺《北京诗苑》出版发行第一百期

用秦观韵

屈陶李杜，苏辛关马，诗词自古荣华。偏执痴狂，摧英败叶，文坛久漫黄沙。歧路必回车。但壮根岂惧，风雨交加？劲草萌生，江南塞北入人家。

萧萧易水闻笳。看京华结社，培育新花。诗苑百期，群星璀璨，煌煌大作堪嗟。兰惠影横斜。再无须咏叹，枯树昏鸦。阳艳湖澄，满园春色到天涯。

## 贺《郑伯农文选》座谈会召开兼贺伯农兄八十大寿

文论铮铮骨，音诗耿耿魂。

青松立仙鹤，金海浴昆仑。

2017年9月24日

注 音诗，会上演唱了伯农先生作词、作曲或词曲兼作的音诗作品。

## 偶　成

虎象争雄龙竞腾，故园风物绮云蒸。

东流岂顾西流水，梦入瑶池乐土兴。

2017年9月

## 贺《文汇报》创刊八十周年

世纪风和雨，来程历历看。
滔滔文脉汇，东去大江湍。

2017年12月12日

叶嘉莹先生点评：“小诗极有气魄。”

## 偶　感

苦海欣逢一叶舟，酸甜浓淡忍回眸。
霏霏暮雨江天洒，梦断蓬莱几缕悉。

2017年12月15日于旅途

## 雨游云黄寺

大士说禅音已寂，寥寥香火供人稀。
色空空色玄机悟，寒雨潇潇沾我衣。

2017年12月15日于浙江义乌

# 鹧鸪天·谒秋瑾墓有感

四海空前云水狂，运筹大业幸钱塘。神龙岂愿邻枯骨，英烈何曾恋艳阳。

天黯黯，雨茫茫，纷纷请起下山乡。而今归去西泠畔，怎卜他年不复殃。

2018年1月26日

# 副篇

## 第二辑　旧作选改

## （七）《田野静悄悄》

《田野静悄悄》，幽幽漾碧霄。
牧童眸子忆，少女影音消。
日暮秋风冷，月斜魂梦遥。
谁人歌隐隐，子夜愈清寥。

## （八）《山楂树》

白花开四野，约会梦魂幽。
一曲《山楂树》，几年学府楼。
俄乡音渺渺，华夏韵悠悠。
佛祖生梵域，禅宗盛九州。

2008 年 10 月 31 日追记月初访俄之感

注　此类歌曲现在俄罗斯已很少听到，正如佛教在其发源地尼伯尔和印度很不流行一样。

◎　郑伯农先生在为拙作《荷塘新月》所作的序言中说：“他漫游俄罗斯，写了八首组诗，都很动人。其中的《山楂树》，体现出苏联解体后北方邻国风土人情的巨大变迁，令人回味无穷……”

## 访南非有感

草碧天青处，北冬南夏时。
矿丰金铂钻，野沃象羚狮。
人类发源早，文明绚烂迟。
大同期世界，冷暖友朋知。

2009年1月16日

◎ 郑伯农先生在为拙作《荷塘新月》所作的序言中说："当然，他的旅游诗不仅涌动着水色山光之美，也有丰富的人文情怀。两年前，他远涉南非，写了一首五律。寥寥数语，就把那里的自然风光和风土人情栩栩如生地勾勒在读者面前……"

## 埃及之旅（二十首选一）

### （九）复活梦

庙墓何多王与妃，工程浩大更精微。
复活美梦无踪影，后代繁荣叹烟飞。

2011年1月18—31日

## 早春二月

稚孙欣抱赏华园，芽蕾增肥草渐鲜。
冰水相融池柳软，腊梅香溢小山前。

2011 年 3 月 5 日

## 清华园

故园锺水木，学子性灵高。
气爽青山近，月明沧海遥。
银萤飞草露，香雾笼莲桥。
晓日重楼耀，烟霞流碧霄。

2011 年 4 月

注　颔联引用清华校歌："西山苍苍，东海茫茫"之意。

◎　周笃文先在为拙作《荷塘新月》所作的序言中说："异彩斑斓的诗人风致，是王诗另一闪光之点。玉明先生感情丰富，兴趣广泛，对生活的发现与感悟尤多。读他的诗，能把你引入一个五彩缤纷的世界。其中水木清华与荷塘月色更是他心中永不褪色的情结，他的诗作中至少有二成以上是为此而发的。……诗人以镜头切换法为我们展现出清华的大美。远处是西山爽气、东海明月，近处见草上流萤、桥边荷影。最后推出了楼台红日与碧霄烟霞的海天壮景图，谁能不为之心旷神怡呢！"

# 荷塘幽思（四首选二）

## （二）夏思

夜深信步绕荷园，暑气初熏草木繁。
杨影亭亭弹夜曲，莲风袅袅泛漪涟。
光明圆月人间照，寥落疏星天际悬。
无欲浑如禅境入，山高水远路行宽。

注　这四首“幽思”原本是在不同时间各自独立写出的，后来发现其内容有关联性，遂合为组诗。但因事先没有统一策划，四首诗中的这一首韵脚与其他三首不同。经诗友指正，现重新改写如上。

**附　原稿**

夜深健步绕荷塘，暑气初熏汗却凉。
翠叶香生侵小径，清风声起绕高杨。
光明圆月人间照，寥落疏星天幕藏。
无欲浑如禅境入，宽宏方可路行长。

## （四）冬思

白玉桥头蒲苇残，莹莹冰镜透严寒。

微茫琼宇疏星烁，寂静松丘野草眠。

天上轻云流冷月，山中高士坐清坛。

瑶琴余韵萦回久，梦里飞霜可冻弦？

2015 年 1 月 19 日再修改

叶先生点评和指导如下：“四首都很好，景真情挚，意境俱佳。唯第二首中‘仿佛’出律，可否改为‘浑如’？第一首中‘塞北’一句含义不甚明白，是否有何特指？”为此，作者在第一首末增加了一条注释，“仿佛”已改为“浑如”。

作者将为《北京诗苑》“北京百家”栏目自选的 32 首备选诗稿（包括《荷塘幽思》四首）转发给叶先生后，先生在回信中说到：“所作皆有真情实感，远胜一般人浮泛之作，值得发表。”

# 怜　萤

萋萋蒲苇夜朦胧，点点飘摇萤火虫。
罕见幽光疑梦影，休言腐草化精灵。
但祈高远凭飞舞，切莫近前遭扑凌。
袅袅莲香禅性启，一花一界动悲情。

◎ 周笃文先生在为拙作《荷塘新月》所作的序言中说：“清华园中的草木小虫都牵动他诗情的萌动。比如《流萤》：‘田田荷叶舞清风，芳草凄凄鸣百虫。月色星光尘念洗，痴心迷恋小秋荧。’又如《怜萤》……这可爱的绿色生态标的物——流萤，能唤起诗人的纯洁的野趣与童心，并构成一种对城市枯燥生活的心态上的救赎感。”

# 荷塘秋夜（四首选一）

## （一）流萤

田田荷叶舞清风，芳草萋萋鸣百虫。
月色星光尘念洗，痴心迷恋小秋萤。

注　周笃文先生在为拙作《荷塘新月》所作序言中以该诗举例，见上。

## 冬　杨

脱尽繁华枝干挺，风寒亦不再萧萧。
简明朴拙真诗意，日影星光分外高。

注　钟家佐先生将该诗写成书法作品相赠。

## 西江月·冬韵

林表初升弦月，天空正烁寒星。冰封池畔自徐行，叶落白杨宁静。

无欲冥思宇宙，随缘善待人生。陶然春夏与秋冬，沈醉空灵意境。

## 【越调】天净沙·荷塘月色（二首选一）

### （二）

荷塘半夜深更，西空月落星明。一片清幽宁静，心随双睛，追寻神秘苍穹。

## 彼岸花（二首选一）

### （一）

沐雨山行意趣佳，周遭竹树尽沙沙。

燃情最烈知何物？带露新开彼岸花。

## 忆秦娥·《月亮颂》

蟾光泻，柳丝款款星明灭。星明灭，平湖绿液，微波摇曳。

歌声婉转情深切，谁人倾诉如啼血？如啼血，水仙仙女，咏吟秋月。

注　指门德尔松名曲水仙女的咏叹调《月亮颂》。

## 蓬莱仙岛（三首选一）

### （二）

茫茫沧海访瀛洲，浪里飘摇一叶舟。

仙子芳踪无觅处，长生灵药更难求。

## 采石矶怀诗仙李白（四首选二）

### （一）

五彩石矶枕大江，诗仙醉卧梦犹香。

朦胧忽见涛吞月，一跃江中救月娘。

### （三）

月光如水洒长江，一片空明夜未央。

游罢天宫游旧地，诗魂千古恋家乡。

## 题自拍野鸢尾照

高山草甸草犹黄，娇小春花幻紫光。

俯首端详留倩影，从今不必赏孤芳。

注　在玉龙雪山牦牛坪高山草甸见一野生娇小紫花独自开放，俯首端详认定为野鸢尾花，摄影并补题照。

# 亚龙湾组诗（九首选一）

## （六）萤火虫

风卷残云天海遥，碧霄如洗月儿高。
阳台忽见萤光闪，疑是流星碎片飘。

◎ 周笃文先生在为拙作《荷塘新月》所作的序言中说：“以流星碎片形容点点萤光，化芥子为须弥，好一幅天人合一的境界。诗人想象真是妙不可测啊！”

# 南海抒怀

椰风撩鬓发，春意醉容颜。
雪浪连天涌，云霞入海燃。
花香引诗绪，涛韵动心弦。
静夜银滩上，尤怜月似镰。

◎ 周笃文先生在为拙作《荷塘新月》所作的序言中说：“颔联二句：雪浪掀上高天，云霞好似在海中燃烧。造语生新奇丽，极具气势，似未经人道之语。”

## 咏海南（十首选一）

### （五）满庭芳

月夜自徜徉，低头思故乡。

清晨闻鸟语，应是《满庭芳》？

## 踏浪听涛

情迷大海滩，入夜赏波澜。

斗转星移处，人稀我自闲。

# 海滨夜思

夜步怜沙岸，遐思飞九天。
渔灯星宿落，新月玉钩悬。
空自愁银汉，唯期有渡船。
蓝田千里远，沧海一竿前。

注　颈联系指牛郎织女。

◎　周笃文先生在为拙作《荷塘新月》所作的序言中说：“萧子远在《南齐书· 文学传》中指出：“在乎文章，弥患凡旧。若无新变，不能代雄。”一个有抱负与创造力的诗人，总是要把力图出新求变与时代接轨作为自己的努力目标。玉明先生正是这样矢志不渝的耕耘者，而且取得了十分可观的成就。比如《海滨夜思》……此诗作于七夕。星空瞻望，想起了牛郎织女，想起了星空鹊桥夜渡的美丽神话。渔灯点点不就是落下的星宿吗？新月一弯，不就是垂空的玉钩吗？蓝田的神仙窟宅，似乎一竿可及。这不就是现代版的鹊桥幽会吗？想象新奇，令人叫绝。”

## 浣溪沙·三亚组诗（五首选一）

### （二）星辰

海浪滔滔交响鸣，星辰遥望亮晶晶。谪仙人道是长庚。

清梦非因新月影，乡愁缘起老歌声。父神原本哪颗星？

# 一剪梅·三亚休闲

寻梦天涯情趣高。兰气飘飘，竹影萧萧。芳庭信步过弯桥，鱼戏云摇，风动花娇。

游罢清池弄海潮，享受逍遥，感悟雄豪。沙滩卧赏晚来涛，日落霞烧，星现天遥。

◎ 杨叔子先生在为《王玉明诗选》所作的序言中说：“王玉明同志的诗有着强烈的民族性、时代性与群众性。加上他又是学理工的，栖于科学，所以，科学人文交融的诗句，诸如，‘自然人类和谐处，鹤阵排云上碧霄。’（《七绝·鹤乡抒情》），‘沙滩卧赏晚来涛，日落霞烧，星现天遥。’（《一剪梅·三亚休闲》）之句，在他心灵中更有深意、深情！”

◎ 郑伯农先生在为拙作《荷塘新月》所作的序言中说：“三年多前，杨叔子先生在‘《王玉明诗选》序’中写下这样的话：

王玉明同志的诗有强烈的民族性、时代性与群众性。加上他又是学理工的，栖于科学，所以，科学人文交融的诗句，诸如，‘自然人类和谐处，鹤阵排云上碧霄。’‘沙滩卧赏晚来涛，日落霞烧，星现天遥。’之句，在他心灵中更有深意，深情。

我完全同意杨院士的精辟之见。”

# 浪淘沙·七仙岭

微雨细如绵，飘落青山。七仙岭下访七仙。今岁春姑来恨晚，步履姗姗。

晓雾透轻寒，春梦犹酣。温泉醉卧望云端。一日销魂天上客，不似人间。

◎ 周笃文先生在为拙作《荷塘新月》所作的序言中说：“对音乐的爱好，也是诗人自娱自乐的重要元素。他的《西江月·良宵》：

水面银涟光闪，蟾宫金桂香飘。《良宵》相继《月儿高》，妙韵云天缭绕。

《康定情歌》声近，《小河淌水》音遥。乘风归去怯清寥，还是人间美好。

把一系列的歌曲，顺手拈来，竟是如此严丝合缝，浑如天成。再如《浪淘沙·七仙岭》：

晓雾透轻寒，春梦犹酣。温泉醉卧望云巅。一日销魂仙便是，天上人间。

更是洋溢灵性与妙曼情趣的诗人风致的生动体现。”

## 醉花阴·天涯芳草

一缕晨曦天破晓，床上闻啼鸟。竹影绿盈窗，涛韵声声，清梦风吹杳。

天涯海角多芳草，四季无时了。花气夜氤氲，睡意朦胧，犹有余香绕。

## 浪淘沙·黄山奇缘

奇险秀雄妍。惊艳幽兰。“蓬莱三岛”隐天仙。梦笔生花云乍涌。飞瀑温泉。

六上总新鲜。始信神缘：佛光两日两回圆。天下名山多造访，最恋黄山。

经叶先生指导，将“亦新鲜”改为“总新鲜”。

## 西江月·云台山中秋节

明月孤星相伴，秋虫丛草交谈。三更夜静鸟安眠，飘过轻云一片。

山影深浓浅淡，诗思悠远缠绵。天涯何处雨潺潺，应有离人肠断？

## 西江月·阿尔山之夜

昼揽人间秀色，夜观彼岸明灯。银河两岸众神行，料有心情百种。

谁共娇儿流泪？谁偕孤影临风？谪仙酒后醉诗中，北斗悠悠转动。

## 苏幕遮·青海湖

菜花黄，天幕碧，青海湖蓝，月净骄阳丽。一带远山青黛玉。气爽风清，一派唐诗意。

喜晴明，昨夜雨，水气方凝，造物澄天宇。首位美湖如美女，为我安排，日月同辉旅。

注　在国家地理杂志评选的中国最美的新五湖中，青海湖排在首位。

## 渔歌子·重游青海湖（三十二首选一）

### （二十六）

最忆歌王王洛宾，金银滩上草茵茵。鞭影动，恋歌亲，千秋绝唱绕闲云。

## 【越调】天净沙·朱家角（二首选一）

### （二）

斜阳草树云烟，庙堂街巷桥船，古镇淀山湖畔。腾飞高远，中西合璧天然。

## 【越调】天净沙·雪窦山（二首选一）

### （二）

轻风清水青山，丹枫赤日红颜。溅雪飞虹舞燕。归来刘阮，故乡不似当年。

## 调笑令·勃朗峰

勃朗，勃朗，欧陆群峰首仰。冰川雪顶蓝天，心逐云飞忘寒。寒忘，寒忘，颜面归来别样。

注　勃朗峰海拔 4800 多米，为阿尔卑斯山主峰，欧洲第一高峰。在海拔 3800 多米高的半山上，天朗气清，冰辉雪映，紫外线很强，半日脸色即黑。“逐”字取入声。

## 天柱山组诗（八首选一）

### （一）邃谷

拔地晴空挺，巍峨天柱山。
夜来临邃谷，溪语总缠绵。

# 鹧鸪天·登古北口长城

萧瑟秋风扫雾霾，登高何虑鬓毛衰。连天叠嶂一襟阔，满目颓垣半壑哀。

追逝水，抚残台，万山夕照忆雄才。杨公戚帅传千古，铁骑烽烟入梦来。

注　尾联系指杨令公和戚继光。

◎　郑伯农先生在为拙作《荷塘新月》所作的序言中说："玉明的旅游诗中有好几首是对古迹的凭吊。作者对于文人留下的风流韵事似乎不大感兴趣，令他激动不已的首先是那些关系到民族兴亡的人和事。和写山光水色的诗章不同，这些诗沉郁、雄浑，展示出作者诗情的另一面：

强大秦兵马，奔驰似飓风。
吼声冲地府，杀气撼天宫。
霸业千秋继，皇权万代承。
谁知方二世，好梦竟成空。

——观秦兵马俑有感

萧瑟秋风扫雾霾，登高何虑鬓毛衰。连天叠嶂一襟阔，满目颓垣半壑哀。
追逝水，抚残台，万山夕阳照忆雄才。杨公戚帅传千古，铁骑烽烟入梦来。

——鹧鸪天·登古北口长城。"

## 行香子·游仙

大漠沙焦，沧海波辽。远征人、志气休销。蓬山在望，桨橹勤摇。正月儿明，风儿紧，浪儿高。

幽幽兰蕙，硕硕仙桃。看八仙、各显奇招。何姑献舞，湘子吹箫。赛艳词浓，清词雅，壮词豪。

## 满庭芳·赏昆曲《牡丹亭》感赋

梅柳池边，牡丹亭畔，暮飞朝卷云烟。似花如水，美眷慕翩翩。情爱惊天感地，黄泉吏、亦觉堪怜。双双赏，春花秋月，执手梦终圆。

拳拳，仙乐妙，人间荡漾，天上缠绵。暗随韵偕歌，律动心弦。华发谁云兴寡？花开落、犹叹流年。柔情在，豪情未减，潮浪伴春眠。

注　鲁迅先生诗云："岂有豪情似旧时，花开花落两由之"。此词下半阕中的"花开落、犹叹流年"，"柔情在，豪情未减"皆反其意而用之。

## 蝶恋花·读嫁轩词有感

火样心肠花样貌，豪婉辛词，千古词坛耀。壮志难酬廉颇老，梦中利剑犹腾鞘。

灯火阑珊佳丽杳，无计留春，但怕花开早。一唱雄鸡晨曲妙，英雄含笑云天啸。

## 调笑令·感恩黑马

黑马，黑马，驮我前行汗洒。崎岖山路弯多，翻越林边陡坡。坡陡，坡陡，感汝之情知否？

注　该马在四姑娘山长坪沟内的山路上驮我往返达八小时之久，临别时亲切地拍打其头部，它似有所悟。

# 空中奇观有感（六首选一）

## （五）激情

科技人文相互融，青山踏遍水云行。

吟诗摄影凭灵感，谁道黄昏无激情！

◎ 周笃文先生在为拙作《荷塘新月》所作的序言中以该诗举例：“他很欣赏福楼拜的名言：‘越往前走，艺术越要科学化，科学也要艺术化。两者在塔底分开，在塔顶会合。’他在诗中说：

科技人文相互融，青山踏遍水云行。
吟诗摄影凭灵感，谁道黄昏无激情。

从事科学发明，除了严谨逻辑外，还需要诗化的灵感与激情。正是这种品质才导致了达·芬奇等大艺术家一飞冲天，在科学上同样取得伟大的成就。”

# 清平乐·感悟生活

春花秋月，湖海山河阅。险路回眸情更悦，且谱新词一阕。

生活广阔芬芳，赏心进退弛张。彼岸谁能知晓，今生视作天堂。

注 下片首句引用何其芳名句：“生活是多么广阔，生活是多么芬芳，凡有生活的地方就有快乐和海洋。”

## 智水仁山

山乃仁人骨，川为智者魂。
学科耽永昼，诗赋蕴黄昏。

## 感　赋

岁月悠悠去似梭，童心白发且高歌。
流霞渲染知华丽，落叶飘飞悟洒脱。
荒漠苦征甘寂寞，青山奋步喜巍峨。
工程科技勤求索，摄影吟诗乐趣多。

注　“脱”字按新声韵取平声。

◎　郑伯农先生在为拙作《荷塘新月》所作的序言中说：“新时期以来，科学家写诗蔚然成风，中国工程院成立了院士书画社，王玉明就是其中很活跃的一员。……这首七律很生动地道出了作者亦工亦文的甘苦。”

# 西江月·步韵赞梁东先生诗与书

虬劲悬崖古柏，娇妍出水新莲。蛟龙舞罢卧樽前，剪柳划空春燕。

软语吴娃雨巷，浩歌壮士云山。童心犹自恋鸣蝉，颦笑偕孙神侃。

**附　梁东先生原玉**

## 西江月·庭院深深

小院青萝古柏，邻家丹桂池莲。半帘花影浴堂前，何处斜风舞燕。

细雨轻如闾巷，白云飞似家山。骄阳高树不鸣蝉，正合咖啡神侃。

注　巴黎夏日无鸣蝉。

# 古体诗·峨嵋纪游

多年积宿愿，一上峨嵋山。
今朝得实现，使我开心颜。
初宿报国寺，夜半雨惊眠。
清晨仍淅沥，情趣亦盎然。
层层石板路，百步一盘旋。
青山与绿水，次第入眼帘。
芳草迷幽径，清溪拂琴弦。
野花香沁脾，丽鸟啭悠然。
山高兴云雾，林深啼青猿。
碧峰秀似笋，昂首刺青天。
陡峭千仞壁，深邃万丈渊。
飞瀑九天落，万壑雷轰然。
群山抱古刹，万木参高天。
茂林亭台隐，修竹曲径连。
雅秀清音阁，牛心激飞泉。

黑龙栈道险，仰视一线天。
洪椿霏霏雨，洒落庭院闲。
九十九道拐，峰峦叠翠间。
嵯峨仙峰寺，九老对华严。
钻天登象池，皓月未当天。
隔夜登金顶，更上万佛巅。
白云如大海，汹涌卷巨澜。
心旷神复怡，宇宙大无边。
佛光虽未见，自慰难十全。
他年如有幸，或可再登攀。
寻仙不辞远，长忆李青莲。
江山多娇媚，古今共陶然。

# 赠友人

微吟幸有知音赏，淡味犹能著意尝。
漫论古今云变幻，闲评中外水苍茫。
倾谈难尽嫌时短，浮想无眠觉夜长，
常慕园中花似锦，独羞苑外草无芳。

◎ 霍松林先生在为《王玉明诗选》所作序言中说：“在这本诗集里，颇多人生感悟，警言佳句比比皆是，如：‘虹彩，虹彩，似我人生百载’（《调笑令·彩虹梅里》），‘彼岸谁能知晓，今生视作天堂’（《清平乐·感悟生活》），‘潮平涛有寂，心静宇无疆’（《五律·我心飞翔》），‘流霞渲染知华丽，落叶飘飞悟洒脱’（《七律·感赋》），‘微吟幸有知音赏，淡味犹能著意尝’（《七律·赠友人》）等等。可以说，这些感悟既来自对生活的体验，也来自对人生的超越，充分表现了人生智慧，融理事情景为一体。”

◎ 郑伯农先生在为拙作《荷塘新月》所作的序言中说：“集子中写亲情、友情的诗数量不多，都很耐人寻味。如：

慈父升天整九年，返乡拜谒墓碑前。
雾凇似玉辉红日，溪水凝冰绕故园。
寸草春晖心永暖，深恩冬雪体无寒。
夜来挥手辞亲去，遥向星空念感言。

——《慈父辞世九周年恰逢感恩节》

微吟幸有知音赏，淡味犹能著意尝。
漫论古今云变幻，闲评中外水苍茫。
倾谈难尽嫌时短，浮想无眠觉夜长。
常慕园中花似锦，独羞苑外草无芳。

——《赠友人》”。

**谨以此诗作结，以答谢诸位知音师友。**

# 代跋

## 关于中华传统格律诗词（旧体诗）与新体诗某些问题的思考①

### （一）关于现当代旧体诗词“入史”问题

最近看到一篇实际上是论证现当代旧体诗不能“入史”的文章②之后，对其进行了反驳点评，现将一些片段的点评集中在一起加以整理和增删，经反复修改之后形成此稿。

如同臧克家先生生前所说的：“我是一个两面派，新诗旧诗我都爱。”我的旧体诗共约1500首，新体诗约50首。但在我最近应有关媒体之约自选的39首代表作（见附录二）中，新体诗竟然占了10首，可见我对自己的新体诗是多么偏爱。这也许不是孤芳自赏吧，赏识者包括当代诗词大家叶嘉莹先生。

---

① 最近一段时间相继在网上看到《对当代旧体诗词创作现状的几点思考》（杨景龙）、《译可译，非常译——现代诗歌之“可译”与“不可译”问题谈》（赵四）和《我的心、情、意（代序）》（李少君）三篇诗论文章，很感兴趣。我对前两者持异议（对最后一篇表示赞同），这激发了我“辩论”的热情，因此先后写了此文的第一和第二部分。碰撞出火花。在此，谨对三位作者表示敬意和感谢！尽管我自知不能胜任这种理论工作，但作为一个读者，也有权发表意见，这姑且算做宪法赋予公民的“言论自由”权利吧。

② 杨景龙 .《对当代旧体诗词创作现状的几点思考》. 殷都学刊，2014（4）：63–68.

叶先生对我的10首新体诗点评说："你新诗也写得好，这只因你在本质上是一位真正的诗人。""你的新诗和旧诗一样出色，锐感真情。是真正的诗人之诗。"郑伯农先生在我的第二本诗集《荷塘新月》的序言中也曾说："集子的最后一部分是新诗。玉明酷爱旧体诗词，也不薄新诗。当格律体适于表达感情的时候，他就写诗词。当需要自由体来抒情言志的时候，他就写新诗。在他那里，旧体新体是互相补充的，各有各的用处。新诗如何写得更凝炼，更有形式美，让人好记好诵？这是许多作者都在探索的问题。不能说，集子中的新诗已经完成了这些探索，但其中确有些富有新意、富有吸引力的篇章。如《礼赞》，显然，作者不满于浮躁、急功近利的世风，他通过对自然景观的礼赞，含蓄而深沉地呼唤真善美。"

新体诗有其"自由"的根本属性，在这一点上与旧体诗相比有其独特的优势。例如，汶川地震时的新体诗呈井喷式爆发，其感染力超过了旧体诗，当然也包括我自己当时写的几首旧体诗。历史上新体诗也有许多优秀的作品，我欣赏甚至为之倾倒的佳作很多，这里不能一一列举。我不仅不否定新体诗，而且相当关注其发展。正因为如此，我对完全割裂中国传统文化优秀基因的各种流派的当代新体诗的否定多于肯定。

我的确曾经认真地学习过新体诗，特别是向1949年以前包括"新月派"在内的新体诗学习过，我对闻一多先生提出的格律化新体诗十分认同，我自选的10首新体诗中不少就是这种格律体的，例如《秋思》《乡愁》和《礼赞》等。此外，我对20世纪70年代末至80年代初曾经流行的"朦胧诗"基本上持肯定的态度，其中的许多篇章我十分欣赏，我的那首小诗

《梦》就是受其影响而写成的；我甚至还模仿过北岛的《走吧》。由此可见，在诗歌观方面我并不是一个拒绝接受新鲜事物的“保守派”。

然而，后来我也多次找来一些新诗杂志，想认真拜读一下，学习一下，甚至模仿一下，但结果却极为失望，实在无法卒读。其主要原因是过于现代派，过于西化，不讲语法，不讲逻辑，或者故作高深，比哲学家更懂哲学，完全脱离了一个正常中国人的理解能力，根本不知所云，我为什么要无谓地浪费宝贵的时间呢？还是放弃吧。其中也包括我曾经十分欣赏其早期作品、但后来完全走上“现代派”道路而看不懂的北岛。这也许并非由于我智商低下或观念守旧吧。除了看不懂之外，现在的新体诗在形式上大都只是分行的散文，没有韵脚，没有抑扬顿挫，没有听觉的音乐之美与视觉的建筑之美，不能给人予审美的愉悦，比嚼蜡还难受。叶嘉莹先生看了我的相关评论之后说：“我对于你论新诗的一段话很有同感，我觉得你说的很有道理。”我以上批评的主要是某些“现代派”的新体诗，当然并不是全部新体诗。正如叶先生最近对我说的：“新旧体各有好诗，也各有坏诗。我不偏袒任何一方。不过，旧体诗源远流长，大浪淘沙之后留下来的多为精华之作。新体诗未经淘洗，尚待历史检验。”我在迦陵学舍举行的活动中多次见到的台湾新体诗人席慕蓉女士就是叶先生的学生兼好友，由此可见先生所言不虚。

马凯先生在《再谈格律诗的“求正容变”》这篇纲领性的诗论中说到：“尽管新文化运动以来近百年的历史表明，在自由体新诗发展的同时，格律诗并没有被取代、被消灭，相反经过曲折的发展过程，又进入一个新的繁荣期。但是，当代还有

的故意通过割裂、扭曲、变形、跳跃、重组等“复数性”“非线性”处理而让普通人不知所云的“现代派”新体诗，而是有韵脚、有节奏、讲语法、合逻辑、普通人看得懂的琅琅上口的传统自由体新诗！

第二，现当代人的思想感情是多方面、多层次、多元化的：有主流的与支流的；有大众的与小众的；有传统的与“先锋”的；有典雅的与世俗的；有向上的与颓废的；有理智的与疯狂的；有正常的与变态的；有善良的与邪恶的；有建设性的与破坏性的；等等。难道旧体诗不适合表达现代人上述所有的思想情感吗？到底是“现代派”新体诗还是中华传统诗词更能反映主流的、大众的中国人的思想情感呢？或者换句话说，到底是“现代派”新体诗还是旧体诗更具有杨叔子先生所说的“群众性”呢？

参与全国诗词大会的人次超过一亿，全国各个级别的诗词学会会员的数量以及通过各种形式（包括网络）发表或者交流的诗词作品的数量之多几乎惊人；《中华诗词》杂志艰难起步、后来居上而今发行数量已经超过主流新体诗刊物；主流新体诗刊物也显著地增加了旧体诗的版面。旧体诗被时代抛弃了吗？答案显然是否定的。相反的，地道的“现代派”或“后现代派”新体诗到底在人民群众中有多少共鸣者？就连思想不算十分保守、文化程度不算太低的我也无法共鸣。试想，现代派新体诗也来举办一个类似诗词大会这样的活动，恐怕全国的普通老百姓响应的不会太多。到底哪种诗更具有群众性？这是显而易见的。

至于“时代性”，像《天安门诗抄》中“洒泪送英杰，扬眉剑出鞘”这样的旧体诗，难道不能表现时代的思想情感吗？不仅能够而且还很“先锋”！相反地，《诗抄》中除了传统的自由体新诗，几乎找不到“现代派”或“先锋派”新体诗的影子！试问，现代派的新体诗到底适合表达哪一类现代人的哪一类思想情感呢？

第三，我并不完全否定“现代派”新体诗存在的必要性，它恐怕的确是国际上诗歌的主流形式，我们在讲“继承性”（或者称“民族性”）和“群众性”的同时，也不应该拒绝接受和消化吸收外来的文化，这正如除了古典音乐之外也不能拒绝现代音乐一样。这当然也是 “时代性”的一部分内容。然而，与国外的现代音乐／舞蹈／美术不需要借助汉语和汉字这种载体就能直接传播不同，国外的现代诗歌不得不借助于汉语和汉字的翻译才能在中国广泛传播。“诗”的载体是语言，中国诗的载体是汉语和汉字，通过解构汉语（汉字似乎还难以“解构”，“丑体书法”除外）的方式来创作汉语现代派新体诗（有人谬称为“汉诗”），很难被中国的老百姓所接受。这恐怕是“现代派”新体诗所难以逾越的尴尬。完全抛弃中国传统文化的优秀基因，生吞活剥地全盘西化，我看是没有多大希望的。

上文的作者不像前一篇作者那样，羞答答地硬说新体诗对旧体诗有继承性，而是彻底地否定这种继承性，其理论根据是现代思维的“复数性”和“非线性”（也许还应加上“量子性”？），将科学思维和术语移植到文学艺术中来，确实具有理论上的“创新性”和“彻底性”，同时也具有“自信性”和“真诚性”。我虽然不能认同，但不失敬意。

第四，把格律诗说成“镣铐”，是闻一多先生的“发明”，

北极光，冰岛

祁连山冰雪鸟瞰

莫雷诺冰川，阿根廷

贝加尔湖朝晖

飞越天山

太白山日出

张家界御笔峰

世界新八大奇迹之一马丘比丘，秘鲁

喀纳斯禾木村之秋晨

喀纳斯月亮湾金秋

张掖七彩丹霞

伊春林海秋晨

山西万年冰洞之一

巴音布鲁克龙曲十八弯落日

山西万年冰洞之二

世界文化遗产，布拉格

陶醉于秋叶的俄罗斯男孩

喀纳斯雨后秋山

神州九号飞船发射

神箭
中国航天
CZ-2F

缅甸茵莱湖上的渔人

非洲雄狮，赞比亚